李明国 著

楚皇城脚下的小女人

陕西新华出版
太白文艺出版社·西安

图书在版编目（CIP）数据

楚皇城脚下的小女人 / 李明国著 . -- 西安：太白文艺出版社，2024.1

ISBN 978-7-5513-2490-8

Ⅰ.①楚… Ⅱ.①李… Ⅲ.①长篇小说—中国—当代 Ⅳ.① I247.5

中国国家版本馆 CIP 数据核字（2023）第 235416 号

楚皇城脚下的小女人
CHUHUANGCHENG JIAO XIA DE XIAO NÜREN

作　　者	李明国
责任编辑	党　靖　崔萌萌
装帧设计	星辰创意
出版发行	太白文艺出版社
经　　销	新华书店
印　　刷	西安市建明工贸有限责任公司
开　　本	787×1092mm　1/16
字　　数	120 千字
印　　张	8
版　　次	2024 年 1 月第 1 版
印　　次	2024 年 1 月第 1 次印刷
书　　号	ISBN 978-7-5513-2490-8
定　　价	49.00 元

版权所有　翻印必究

如有印装质量问题，可寄出版社印制部调换

联系电话：029-81206800

出版社地址：西安市曲江新区登高路 1388 号（邮编：710061）

营销中心电话：029-87277748　029-87217872

目录
MULU

01	写在前面	1
02	赵福兰其人	9
03	赵福兰自述：这些我都没想到	14
04	白天你当我的婆婆，晚上我当你的妈妈	23
05	我俩每人吃两个	28
06	我们得让他们有个温暖的窝	33
07	宝贝听话，妈妈决心真正属苦瓜	40
08	我要吃肉肉	47
09	看到她们在我面前，我心里踏实	54
10	相信我，这些困难小婶扛得住	60
11	我俩现在苦一点，是为她今后长时间的甜	67
12	给小猪崽子当贴身保姆	78
13	让孝老爱亲成为家风	86
14	八角庙村的农机服务"专业户"	92
15	八角庙村里的"种田大户"	101
16	八角庙村的志愿服务者	108
17	淌着热泪去北京	114

01

写在前面

2021年，我退休后赋闲在家，首次做起了作家梦，打算用文学创作的形式，把自己经历过的、听说过的，包括本地的、外地的，现在的、过往的，以乡镇中层干部这样的小人物为主人公，写成反映乡镇干部扎根基层、服务基层、建设基层、奉献基层的小说，来承载、寄托我在乡镇工作时期的乡愁和记忆，于是便有了《王秘书趣事》及《挺好，李焕英》。

写完《王秘书趣事》和《挺好，李焕英》后，我个人认为自己的作家梦也实现了，当作家的瘾也过足了。正想着"刀枪入库，马放南山"的时候，2022年初春，我在武汉通过宜城融媒体网络平台，在翻阅宜城电视台的过往新闻节目中，不经意间看到了宜城市委书记武义泉，宜城市委常委、宣传部部长蒙瑾等领导，接见从北京参加完全国道德模范表彰活动后回到宜城的全国道德模范提名奖获得者赵福兰的新闻报道。我反反复复地连续看了多遍，感觉这则新闻传播的不仅是发生在宜城的一件大事，更是宜城这片热土上的一件喜事。

我虽是一名退休了的老同志，但对宜城有影响的人和事还是比较关注的。赵福兰不但出席了全国性的会议，还受到了习近平总书记及其他中央领导的接见，作为一名宜城人，我的荣誉感、自豪感油然而生。

在我的印象中，宜城自"农业学大寨"那时起，就有获得国家表彰的先进集体和先进个人，并且绝大多数先进模范人物的政治面貌是中共党员。而这次出席全国道德模范表彰活动并受到中央领导接见的赵福兰，身上没有任何的政治光环，只是一名来自偏远乡村的普通村民。

从资料中可以看出，赵福兰主要事迹的侧重点是在崇尚孝道、敢于担当、勤俭持家、勤劳致富、睦邻友好、自强自立自信等方面。实事求是地讲，在道德建设方面，宜城市获得省、市层面表彰的单位和个人，数量应该不在少数，但作为道德模范代表出席全国会议并且受到党中央领导接见的人数却很少。赵福兰就是其中之一。

在此之前，我只是通过新闻媒体大致了解了一些赵福兰的动人事迹，并没有见到过赵福兰本人。在写《楚皇城脚下的小女人》这部纪实文学作品之前，宜城市委宣传部的黄中晴，曾给我提供了部分赵福兰的相关素材和资料。为了能够更为全面地了解相关故事与情节，经过去的同事——现为宜城市郑集镇财政所所长的张卫东引见，我先后来到宜城市郑集镇八角庙村村委会、赵福兰的能繁母猪养殖场和她新建的小洋楼里，与村党支部书记杨成锋、赵福兰、赵福兰的丈夫石红波，以及附近的村民进行座谈并对他们进行采访。通过实地看、实地访、实地问，我在已掌握部分素材的基础上，对赵福兰的事迹又有了较为全面的认识和了解。这些基础性的工作，为我之后写作《楚皇城脚下的小女人》提供了较为厚实的准备"材料"。

我之所以要写《楚皇城脚下的小女人》，是因为这部纪实文学作品里的女主人公赵福兰有许许多多的"特别"之处。我归纳了一下，主要有以下几个方面。

一是特别敢于担当。赵福兰2006年嫁到石家时，还不到20岁。按常理，这个年龄段的女孩，还正在父母面前撒娇卖乖，过着不知人间愁滋味、无忧无虑的日子，而赵福兰却已经开始操持一个大家庭了。面对丈夫石红波家里除了困难还是困难这样一个现实状况，她没有哭泣、没有消沉、没有逃避，而是选择了勇敢面对、选择了拼搏抗争、选择了奋斗改变。从养几只生蛋的母鸡到种好房前屋后菜园的几分田，从兴建能繁母猪养殖场到成为八角庙村首个"种田大户"以及农机服务专业户，这些年石家发生的翻天覆地的变化，都充分地证明了她的敢于担当。客观地讲，一个没有担当的人，是很难把一个"苦难深重"的家庭带出困境、实现富裕的。正因为有这种担当精神，赵福兰才改变了石家的家境，使石家过上了幸福美满的日子。

二是特别朴实。在采访的过程中，赵福兰给我的印象是性格内向、朴实无华。像她这个年龄的女孩应该都喜欢打扮，但她的衣着却十分朴素，给人一种时刻准备着要去干活的感觉。从其语言表达上看，她说的每句话都很实在，既没有浮夸，也没有浮躁，更没有浮气。她话语不多，但句句讲的都是大实话、真心话。当我问到石家那么多的困难事，有些该管有些可以不管，为何要一个不留地包揽的时候，她轻声答道："我进了石家的门，成了石家的人，就应该管石家的事，与石家人同享福共患难，不能只自己享福。家里的其他人过得不好，自己一个人过好了，心里会不自在。"

三是特别能吃苦。八角庙村的党支部书记杨成锋介绍说，农村里的活只要是赵福兰干得了的她都干，干不了的她也要硬撑着去干，吃苦受累几乎是她生活的全部。小小年纪的她自嫁入石家，几乎没见闲下来过，更没见过她与村民休闲娱乐过，看到的只是她不知疲倦地忙碌着。她家养的母猪产崽，怕母猪把小猪崽压死或小猪崽被冻死，她会独自待在猪圈里，把小猪崽抱在自己的怀里为其取暖；为了节约养猪成本，她有时挑着担子，有时推着车子，到十几公里外的邻县市蔬菜基地捡拾菜农丢弃的蔬菜叶子，发酵后作为母猪的青饲料；她服侍石红波患有多种疾病且常年卧病在床的大嫂子，每天为其端吃端喝、端屎端尿，无怨无悔地一端就是13年。即便是有一定毅力和耐心的至亲都不一定能做到的事，她作为妯娌，却十几年如一日地做到了。

四是特别讲孝道。赵福兰讲孝道不是孤立地讲孝，而是把孝和敬很好地结合在一起。她讲孝道的独特之处，就是在服侍患有多种疾病且年老体弱的婆婆时，在家里现有的条件下，尽可能地给婆婆提供充裕的物质需要，对婆婆百般孝敬，让婆婆得到人格上的敬重和精神上的慰藉。赵福兰讲孝道很朴实。当婆婆因咳嗽难以入睡时，她悄悄为婆婆捶捶背、揉揉肩，并把婆婆搂在自己的怀里，让婆婆做起儿时躺在妈妈怀里安然入睡之梦；当她发现婆婆担心自己会"跑"，担心自己要远走高飞、离开石家而心神不定的时候，她没责怪婆婆多心，而是想方设法地多和婆婆在一起，让婆婆感受到自己是铁了心要在石家过日子。村民们评价说，赵福兰的这种孝道，比给物质还要实在。

五是特别有爱心。赵福兰虽然年龄不大，但思考问题却十分全面，特别是善于从别人的角度去想问题、做事情，而且所干之事都爱心满满。邻居王大妈是一位留守老人，家里的年轻人都出去打工了，她在生活中遇到这样那样的困难是常有之事。赵福兰见老人有困难总是不声不响地前去帮忙，有时把事做了连老人自己也不知道是谁帮忙做的。

六是特别自信、自强。赵福兰生长生活在农村，就农村的现有条件而言，生活、生产中遇到各种困难都是情理之中的事情，但像丈夫石红波家里那么多的困难，特别是那么多难以解决的困难都集中在一个家庭，确实十分罕见，正像赵福兰在自述中所讲的那样，远远超出了她的心理预期。当遇到这些困难的时候，她没有选择逃避，而是选择了面对，选择了用自己的双手去克服困难，去改变现状，去实现富裕。农村的活她虽然大多都不会做，但做起来却充满自信。仅就家庭养猪而言，她要么不养，要养就养产崽的母猪。如此高难度、高风险的事，好多养猪经验丰富的人都望而却步，但她却靠着自己的自信与自强，克服了许许多多的困难，成功办起了养猪场，获得了可观的收益。

七是特别会持家。顾名思义，持家就是操持或主持家务。赵福兰持家并非只讲一个"抠"字，并非把一个铜板分成八瓣去用。她在持家方面有几个比较突出的特点：一是花同样多的钱，解决更多更重要的问题。在对待她多病的婆婆及两个患精神病的哥哥方面，她曾这样想，自己苦一点无所谓，因为自己还年轻，身体还能扛得住，但绝不能让婆婆及两个患精神病的哥哥苦着，把他们的生活改善一下，虽然多花了一点钱，但他们身体健康了，还能帮家里做些事。他们身体好了，精神状态好了，不仅减少了医疗费支出，还增加了收入。二是眼前该花的钱必须得花，哪怕借也得花，否则以后会花钱更多。她在对待资助侄女石玉读大学的事情上是这样认为的：关键时刻拉侄女一把，尽管自己会苦一点，但总比以后陪着侄女受苦受累要好许多。侄女石玉的父亲病故，母亲常年患病卧床，无任何收入来源。读大学的石玉考虑到小婶赵福兰及家里的实际困难，决定放弃学业，去打工挣钱养活自己。赵福兰得知后，与丈夫石红波商量道："现在我们辛苦一点每月挤点钱出来供侄女读书，时间最长不过4年，侄女毕业后有了稳定的工作和收入，不但不需要我们继续帮助，可能还会帮家里做些事情，我们克服眼前的困难资助侄女读大学至少还有个盼头。若让侄女放弃学业，岂不是把侄女的前途给耽误了？"现实证明赵福兰想的做的都是对的，侄女大学毕业后在深圳发展，现已成家有了孩子，也有了自己的房子和车子，同时还能用自己的一部分工资贴补家用。三是挣钱要取之有道，既要考虑"得"，也要考虑"舍"，做到有舍有得、舍得结合。她认为自家的农机作业收费标准低一点、服务质量高一点、活多干一点，收入不但不会减少，反而会因为农机作业面积的扩大而使收入有一定幅度的增加。现在一般是随着油价上涨，农机作业收费标准也随之提高。而赵福兰家里的旋耕机和收割机在为乡亲们提供机械作业服务时，坚持按几年前的标准收费。赵福兰的想法很纯朴，在他们家特别困难的时候，乡亲们把机械作业的活都交给他们做，一方面是表明乡亲们信任她，更重要的是乡亲们在帮她。现在日子好过了绝不能忘恩。收费标准低一点，少收点钱多干点活，也算是对乡亲们的回报。

八是赶上了特别好的时代。在赵福兰和丈夫石红波的共同努力下，石家摆脱了贫困，走出了困境，摘掉了极贫极穷的帽子，过上了幸福小康的日子。赵福兰对家里发生的变化深有感触地说："是党的脱贫攻坚方针政策好，是我们石家也是我赵福兰赶上了这样一个十分美好的时代。不然，就算我赵福兰全身是铁，又能打几个铆钉呢？！"

赵福兰说的这番话是客观的，也是她内心的真情表露。赵福兰曾饱含深情地说，在宜城生活的十几年里，自己所走的每一步路、所干的每一件事，都倾注着乡亲们的热情，同时也离不开地方党组织的帮扶和相关单位部门的大力支持。

是市、镇两级政府无微不至的关心照顾和帮扶，使她家渡过了一个又一个的难关。市、镇主要领导每天工作都十分繁忙，但他们时刻把赵福兰家的冷暖放在心上，定期或不定期地到赵福兰家里嘘寒问暖、送钱送物，并现场办公解决赵福兰家在生产生活方面遇到的实际问题。那些与石家既不沾亲也不带故的乡亲们也向赵福兰家伸出了援助之手。在赵福兰家十分困难的时候，乡亲们尽其所能对她家提供相应的帮助，有的给她家送新鲜蔬菜，有的给她家送米面粮油，有的则不要任何报酬地帮她家干一些具体的农活。

当扩大能繁母猪养殖场规模，建造猪舍遇到用地困难时，八角庙村党支部书记杨成锋一方面帮她向上级申请农业设施用地指标，一方面耐心细致地做相关农户的工作，协调用地矛盾，使得赵福兰家的猪舍扩建能顺利进行。

当建设猪舍遇到资金困难时，镇里主要领导亲自到市里相关部门进行专题汇报，使其享受了专项政策性补助资金3万多元，从而有效地解决了在扩建猪舍过程中遇到的资金困难的问题。正因为有了镇村领导的精准帮扶，赵福兰的家庭养殖业才得以顺利健康地向前发展。

当她要扩大猪饲料种植面积，需要租赁村民的土地时，镇村干部便主动出面做村民的工作，使得赵福兰以比较合理的价格租到了土地。饲料种植面积扩大了，养猪过程中遇到的饲料来源不足问题也相应地得到了解决。

当能繁母猪养殖场因交通不畅有可能影响小猪崽销售的时候，郑集镇政府、八角庙村委会多方筹措资金，专门修了一条通往赵福兰家的能繁母猪养殖场的水泥道路，使四面八方前来养殖场购买小猪崽客户的车辆能顺畅通行。

各级党组织、各级政府为赵福兰家所做的这一切都为她家脱贫致富创造了非常好的外部环境，打下了坚实的基础，正因如此，赵福兰才非常深情地说道："我赵福兰能过上今天的好日子，全靠党的政策好，全靠地方党组织坚强有力的领导，全靠乡亲们的真情帮助。"

中共中央总书记习近平在党的二十大报告中指出："当代中国青年生逢其时，施展才干的舞台无比广阔，实现梦想的前景无比光明。""广大青年要坚定不移听党话、跟党走，怀抱梦想又脚踏实地，敢想敢为又善作善成，立志做有理想、敢担当、能吃苦、肯奋斗的新时代好青年，让青春在全面建设社会主义现代化国家的火热实践中绽放绚丽之花。"

时代在发展，社会在进步，中国的广大农民已告别了贫困，过上了幸福小康的生活，像赵福兰家过去极贫极穷的时代已一去不复返了。但是无论社会发展到什么程度，进步到什么程度，我们（特别是我们当代的青年）都依然需要赵福兰这样的人，需要赵福兰这种孝老爱亲、敢于担当、勤俭持家、自强自信、奋发向上的精神。但愿在荆楚大地上有更多像赵福兰这样的人。

创作纪实文学对我来说是第一次，过去没有现成的经验。就纪实文学本身的特点而言，它对创作的要求是非常严格的。它的特点就是要以真人真事为基础，根据故事情节发展的需要，可以对一些细节进行虚构，但是对虚构必须要有一定的严格限制。在基本情节真实的基础上，对一些次要细节允许虚构，主要是便于作者摆脱某些细节和个别真实事件的出入而带来的麻烦。根据其特点，我在写《楚皇城脚下的小女人》这部纪实文学作品时，难免有出于情节的需要对相关细节进行虚构的现象，望大家谅解。

"雄关漫道真如铁，而今迈步从头越。"赵福兰家极贫极穷的帽子摘掉了，赵福兰一家也过上了幸福美满的生活，但这仅仅只是赵福兰一家在致富奔小康万里征程上迈开的第一步，未来在乡村振兴中要走的路还很漫长，衷心地期盼赵福兰一家能百尺竿头更进一步。

谨以此作品致敬那些为了祖国富强、乡村振兴、家庭幸福而不懈努力奋斗的普通而又平凡的人们。

在写作过程中，宜城市人大常委会副主任王远昌、市人大常委会人代工委主任李晓滔、市工商联主席万颖磊等给予了我大力的支持和帮助，同时根据写作的需要，书中引用了相关单位和个人有关赵福兰的资料和素材，在此一并表示衷心感谢。

02

赵福兰其人

楚皇城是指春秋战国时期的楚国都城，现位于湖北省宜城市城南约7.5公里的郑集镇皇城村境内。它东临汉水，西傍蛮河，南扼荆州，北溯襄阳。楚皇城遗址面积约2.2平方公里，四周现存有高大的土筑城墙。据方志记载和民间传说，城址内外有烽火台、紫禁城、跑马堤、散金坡、白龙池、金银冢、捞尸湖等遗址。现已出土的文物有铜方壶、大型铜车軎、金丝嵌玉片鳖形带钩、带流铜鼎、蚁鼻钱、金币"郢爰""中左偏将军"印章等，具有极高的研究价值。闻名古今的秦将白起引水灌楚都的"百里长渠"，像一条碧绿的绸带，自西北铺来，从城址的西墙外流过。而今登临城墙，眺望全城，仍可想见当年楚都城的那种殿阁嵯峨、市井交错的华丽景象。

几千年来，楚皇城虽历经战火的洗礼和风霜雪雨的侵蚀，但从它屹立在原野上的土筑城墙等遗迹中，我们依然可以窥见其当年雄伟壮观的恢宏气势。

几千年来，这里的人们为了创造自己的美好生活，一代又一代打拼着，一代又一代奋斗着。

几千年来，他们战天斗地的故事、他们改天换地的故事、他们撼天动地的故事，影响了一代又一代人，也感动了一代又一代人。

今天要讲的是一个发生在2006年以后的故事。

这是一个真实的故事。

这个故事就发生在有着数千年历史的楚国故都湖北宜城。

这个故事的主人公是楚皇城脚下的一位小女人——赵福兰。

赵福兰，壮族，湖北省宜城市郑集镇八角庙村第五村民小组的村民，同时也是八角庙村"种田大户"、农机服务专业户及八角庙村能繁母猪养殖场场长。

20世纪80年代，赵福兰出生于云南省文山壮族苗族自治州丘北县官寨乡革勒村。革勒村是个小村庄，距离丘北县官寨乡政府所在地有15公里，全村共有800多户，近4000人。整个村子的面积有47平方公里，平均海拔为1200米，全村耕地总面积为4127亩，主要种植小麦、玉米、水稻、辣椒等作物，村有林地13350亩，其他土地面积30287亩。全村常年外出务工的人员有900人左右。16年前，在该村庞大的外出打工队伍中，小小年纪的赵福兰就是其中一分子。

赵福兰文静内秀，身材瘦小纤细，长相周正。她的父母共生有4个小孩，她上面有两个哥哥一个姐姐，她是父母最小的女儿。初中毕业后，赵福兰本可以选择继续读高中，然后再在大学里读几年书，毕业后再找一份比较安稳的工作，但她小小年纪却考虑到家里的实际困难，忍痛放弃了学业，选择了远离家乡，只身一人到人生地不熟的深圳，打工挣钱贴补家用。

赵福兰本可以凭借自己的聪明才智，变成一个"地地道道"的深圳人，但在十几年前，她却执意要远嫁给打工认识的湖北宜城郑集镇的"穷小子"石红波。

石红波家里负担之重，堪称"让人绝望"：母亲年事已高，因患有白内障，一只眼睛已失明，另一只眼睛也只有十分微弱的视力；大哥患食道癌已至晚期，大嫂、二哥、三哥都有精神残疾；大哥大嫂所生的女儿石玉还在上学读书。

换了其他人遇上这摊子烂事、难事，可能早就被吓跑了。但是在赵福兰的眼里，看到的是石红波的勤奋好学、踏实可靠；在赵福兰的心里，中意的是石红波的诚实、率直；在日常的交往过程中，她感受到的是石红波的坚毅和执着。她相信，虽然眼前的困难比较大，但只要两个人心往一处想、劲往一处使，大家一起努力，一定能够带着这个家走出贫困的"泥潭"。

赵福兰身怀六甲时，仍然要挺着大肚子给一家人洗衣做饭，辛勤劳作，而她没有任何怨言。

赵福兰的儿子出生之际，丈夫的大哥因病去世，大嫂神志不清、双目失明，生活不能自理。为了确保大嫂能够病有所医、侄女能够学有所教，赵福兰主动将她们接到身边，肩负起了照顾她们的重担。侄女多次提出休学打工去挣钱贴补家用，她坚持不让。

婆婆因患白内障，视力严重衰退，只能勉强走路，赵福兰就成了她的"眼"；二哥、三哥不会洗衣做饭，且需要每天服药，赵福兰就成了他们的"手"；大嫂不能下床，赵福兰就成了她的"足"。

在她的悉心照料下，婆婆虽年事已高，但精神矍铄；二哥渐渐不用吃药，还恢复了些许劳动能力；侄女健康成长，大学毕业后在深圳一家合资企业找到了不错的工作。

更让人欣慰的是，侄女每月领到工资后，除了留下基本的生活费，剩余的工资都寄给了赵福兰，用于资助亲人生活。孝老爱亲的美德在赵福兰的潜移默化下悄然传承。

恪尽孝道的同时，赵福兰和丈夫竭尽全力振兴家业。

这对"夫妻档"一文一武，相得益彰。石红波好学习，擅长探索。他买了20多本书，研究科学养猪技术。赵福兰能吃苦，执行力强，一天挑30多担水不嫌累，彻夜守在猪圈不嫌苦。

一年试水成功，两年扩张规模，三年积累一定的资金后，他们又瞄准了耕种和农机服务市场。

买农机为乡亲们提供机械作业服务，流转承包耕地，种植粮食油料，争当"种田大户"。挣了钱再购买农用机械，再流转承包耕地，再扩大粮油种植面积……他们用这种方式，把总的耕种面积扩大到百余亩，而且几乎承包了周边农户的机械播种和收割的工作。与此同时，养殖场的规模也在不断扩大。在镇政府和村委会的大力支持下，赵福兰夫妇获得一块场地用于新建能繁母猪养殖场，年出栏小猪崽量超过了400头。

2016年，赵福兰一家摘掉了极贫极困的帽子，高高兴兴、喜气洋洋地搬进了自己新建的小楼。

石红波说，如果不是妻子赵福兰精心操持、精心经营，这个家早就散了，根本不会有今天幸福美满的样子。自己之所以敢大胆去闯，十分努力去干，关键是因为身后有妻子赵福兰这个坚强的后盾。

赵福兰一家的日子越过越好，赵福兰夫妇的故事也广为传扬。他们15年如一日，精心照料老人，伺候哥嫂，供侄女读完大学，干部群众称赞他们是"孝老爱亲"的好典型。

2017年以来，赵福兰及她的家庭陆续获得了多个荣誉称号。

2017 年,赵福兰的家庭被评为"荆楚最美家庭"、湖北省第一届省级文明家庭。

2018 年,赵福兰一家入选 2018 年度全国最美家庭。

2019 年,赵福兰入选"中国好人榜",获选第七届湖北省道德模范。

2020 年,赵福兰的家庭被授予第二届全国文明家庭称号。

2021 年,赵福兰获第八届全国道德模范提名奖,同年 11 月赵福兰到北京参加全国道德模范表彰活动,受到了中共中央总书记、国家主席习近平等党和国家领导人的接见。

2022 年,赵福兰获得湖北青年五四奖章。

03

赵福兰自述：这些我都没想到

我和石红波是2003年在深圳一家企业打工时认识的。那个时候，我们相当多的工友无论是来自城市的还是来自农村的，无论是大学毕业的还是像我们这些初中毕业的，一旦融入这个充满现代化气息的城市，便一方面忙着挣钱，一方面忙着消费，虽然每月能有数千元的工资收入，但结果大多成了"月光族"。他们工作起来拼命干，而休息时间则铆足了劲玩，可以称得上干起活来十分投入，而玩起来也相当潇洒。我和石红波则是另类。每天除了起早贪黑地上班加班之外，还是上班加班；除了一门心思地干活挣钱，还是干活挣钱。我们就像工厂的机器一样，一天到晚只是奔波忙碌于寝室、车间和食堂之间。在深圳打工的几年时间内，"玩"字能在心里想一想，那就算是奢侈的了，更谈不上去公共娱乐场所消费潇洒一番了。那个时候我们看着路边的大型广告牌就感到特别的新鲜，有时甚至能呆呆地看上很长很长的一段时间。因为我们的目的非常明确，就是拼着命打工挣钱，领取工资后再迅速寄到家里贴补家用，解决家里遇到的实际困难；就是想通过自己的辛苦劳动，尽可能多攒点钱，让家人的日子慢慢好过起来。

也许是心有灵犀，也许是物以类聚，也许是惺惺相惜，也许是同病相怜，我俩开始慢慢地互相关注，对对方的一言一行、一举一动都特别留意。工厂里无论发生什么事情，只要不涉及对方，都如同未发生或者没看见一样。一旦有些事与对方有所关联，心里立马便会变得乱七八糟的，如同发生在自己身上一般，有时甚至比发生在自己身上还要难受。对方什么时候来上班，什么时候下班，到哪个小吃店吃点什么，等等，都刻意观察着，哪怕有一个环节忽略了，心里都会感到特别不自在。有时候时间稍微长一点见不到对方，心里乱得就像蚂蚁在里面闹腾一样。一旦看到对方出现在自己眼前，心里便突然间安定了下来，走路干活便立马精神起来，如同现在人们流行的一句话，就像打了鸡血似的。

我俩开始慢慢地关心对方。石红波性格比较内向，平时不善言辞，也不善交际，每天就是一个劲地埋头干活，极少看到他闲下来的时候与工友在一起谈天说地，更难发现他与工友们在工休时间到闹市区或者是旅游景点购物消费和游玩。他有时与男工友交谈就窘得满脸通红，若是与女工友交流接触，基本上很难听到一句比较完整的语言表述。不知是缘分还是情分，他却特别爱和我在一起，早上上班的时候，他会很早就在我上班要经过的路口等我，然后和我一起去上班；晚上下班的时候，他则会在车间外面或者是工厂的大门口等我，我俩去我喜欢的快餐店简单吃份快餐，然后又将我送到住的地方，直到看到我寝室里的灯亮了，才悄悄地离开。和我在一起的时候，他仿佛变了一个人，特别健谈。只要稍有空闲，他就会给我讲他家乡的人和事。他说他的家乡湖北省宜城市曾经是楚国的国都，现在好多成语故事，比如"不飞则已，一飞冲天；不鸣则已，一鸣惊人"就是出自他的家乡。他还说他的家乡非常富裕，是汉江边上的一颗明珠，人们都过着衣食无忧的生活。当我问起他家的情况时，他的神情开始凝重起来，憋了半天才说出两个字"穷啊"。我后悔问他这些，自此以后，再也没向他打听过他家里的事情。

我俩开始慢慢地心里装着对方。我俩文化程度都不高，仅仅读了个初中，因此企业里靠脑力的劳动或者比较轻的活，我们一般是沾不到边的，平时只能做一些劳动强度比较大的体力活。石红波人很聪明，眼尖手快，无论什么事都能一看便会，干起活来手脚也麻利。他虽然个头不大，但力气蛮大，车间的活无论是劳动强度大的还是劳动强度小的，无论是复杂的还是稍微简单的，他都能在规定的时间内高质量高标准地完成。我的个头较小，力气也小，有些体力活我吃不消的时候，石红波便会出现在我的面前，不动声色地帮我。车间的工友们每次见到石红波这样尽力帮我，都感到很羡慕。我每次听到工友们夸石红波，就像是听见工友们在夸奖自己似的，心里总感觉美滋滋的。

石红波不仅在上班的时候是这样关心我帮助我，平时也是如此。一旦我有个伤风感冒、头疼发热，他便着急赶忙地为我买药，并督促着我把药服下。他看着我生病难受的样子，比他自己生病还要难受。虽然疾病让我的身体十分难受，但看到石红波如此细心地照顾我关心我，我心里却是十分温暖。

也许是日久生情，我俩慢慢地由工友关系转变为恋人关系。为了节约生活费，我俩开始慢慢地就着一份菜吃饭。那个时候两个人在一起的生活，虽然依旧十分俭朴清贫，但却充满了温馨和甜蜜，我俩都为自己能找到心仪之人而欣慰。

我俩开始慢慢地思考着谈婚论嫁的事。我们那个时候年龄还比较小,思想都很单纯。我们知道自己有多大的能耐,按农村的话说,就是知道自己有几斤几两。没有不着边际地对自己的人生做出过于远大的规划,更没有梦想着有朝一日能大富大贵、出人头地。只是想着通过自己的辛勤劳动,省吃俭用地挣点钱,然后结婚组建家庭、生儿育女。一个把主要精力用在耕田种地上,另一个则把主要精力放在烧火做饭上。两个人在一起做普普通通的农民,日出而作,日落而息,根据自己的能力喂几头肥猪,养一群鸡鸭,放几只小山羊,种几畦自家食用的有机蔬菜,过一种相对怡然、安稳的生活。

我的家人得知我要远嫁给湖北宜城的一个穷小子之后,便苦口婆心劝我要慎重考虑,千万不要感情用事。不然,选错了家、嫁错了郎,是要后悔一辈子,痛苦一辈子,遭罪一辈子的。

我的一位亲戚把话说得非常直白:"兰兰,你从小到大因家里姊妹多,经济条件差,没有过上一天的好日子,现在你在深圳有了相对稳定的工作,一定要把握好这个机会,在深圳谈个家庭条件相对好一点的对象,在那里买个小点的房子就地安个家,千万不要睁着眼睛再往穷坑里跳,要不然到时候你爬都爬不出来。"

还有一位亲戚劝我说:"我们这里的风俗人情、生活习惯,和他家那边都大不相同,你一个壮族小姑娘嫁到那里,人生地不熟,什么规矩你不懂,农活也不会做,我担心你会没有饭吃。"

我的母亲则考虑得更加具体和现实,她劝我道:"兰兰,你现在还很小,还不是考虑谈婚论嫁的时候,你在深圳再打几年工,有合适的就在深圳安个家,确实不行就回到我们云南文山,妈妈托人给你找一户好一点的人家。将来你结婚成家以后,离妈妈近一点,你遇到什么困难和麻烦的时候,妈妈也能及时赶到你身边,帮你做一些我做得了的事情。你要是嫁得那么远,你遇到什么事的时候,妈妈再怎样着急,也无法帮到你,妈妈总有一天会因为操心你的事而闹出病来。"

那个时候不知是怎么一回事,自己的大脑就只有一根筋,不管是亲人们的提醒还是母亲的劝说,我都无法听进去一字半句,只是铁了心要嫁给石红波。

我跟母亲说:"石红波为人忠厚、实在,人也特别本分,虽然年轻但特别能吃苦。他对我很好,也特别关心我,我跟他在一起过日子心里踏实。"

母亲见我执意要嫁石红波,再也没有往深处劝,只是含着眼泪自言自语道:"妈是指望你在深圳打工能找个好一点的婆家,将来能有个好一点的归宿,日子也能过得相对好一点,哪知你从云南挑到湖北,还是挑了一个穷人家,转来转去还是转到穷窝里了。唉!我家兰兰命苦啊。"

当我和石红波谈起结婚回宜城生活时,石红波是满脸的愁容和茫然。我问其原因,他几乎是含着泪水跟我说:"我何尝不想结婚呀,是不敢结呀。"

于是石红波便把他家里房子破旧、母亲多病、几位兄长精神失常以致生活不能自理等现实困难跟我说了一遍。说到动情处,竟呜呜呜地哭了起来。

我一边听他哭诉,一边劝道:"我是跟你结婚,又不是跟房子结婚,况且这些困难又不是克服不了,谁能说自个儿家里什么困难都不会有呢?"

就这样,在我的坚持下,我俩一同辞掉了工作,告别了在深圳一起打拼三年的工友们。我满怀着当新娘的喜悦,来到了楚国故都宜城,走进了石家,成了石家的儿媳妇。同时,也成了宜城市郑集镇八角庙村第五村民小组的村民。

石红波在深圳讲的家里困难如何如何大,我原以为是他故意夸大其词,用此来吓唬吓唬我。但令我万万没想到的是,这些困难不仅存在,而且比我想象的还要多之又多、大之又大。

这里乡亲们的家里居住条件都很好,无论是新建的楼房,还是年久一点的平房,家家户户都收拾得利利索索,打扫得亮亮堂堂,整理得干干净净,呈现出一派欣欣向荣的景象。

令我没想到的是,石红波的家里则没有一点养眼的地方。正房和厨房及其他用房看起来间数也不少、面积也不小,但没有一间能真正起到挡风遮雨的作用。一遇下雨天,总是外面有多大的雨,屋里面漏多大的雨。若遇上夜间刮风,大风穿过断裂墙体时发出古怪的声音,吓得人钻进被子里大气也不敢出一口。

这里乡亲们的家里都很富足殷实,基本都有一到两个致富挣钱的项目。或大或小的庭院里都喂养有数量不等的肥猪和成群的鸡鸭。房前屋后的菜园子长满了郁郁葱葱的时令蔬菜。他们都过着吃不愁、穿不愁、用不愁的生活。在我接触的农户中，他们家里家用电器齐全，每家都有一两辆摩托车，有的家里还购置了小轿车。

令我没想到的是，石红波家里则穷得叮当响。家里的猪圈是空的，既没有大的肥猪也没小的小猪崽；家里的鸡舍鸭舍也全是空的，连片鸡毛也看不到。有的是一个接一个在屋梁上窜来窜去、追打嬉闹的老鼠。房前屋后的菜园里，长满了杂草，看不到一棵蔬菜的影子。再平常不过的萝卜白菜、姜葱蒜苗等，也得到附近的小菜摊上去购买。听我婆婆说，她特别会种菜，年轻没有病的时候，她种的蔬菜除了自家吃以外，还会送给乡亲们很多。而现在老了病了种不动了，只能眼巴巴看着这么肥沃的菜地荒芜着。在附近的小菜摊上买菜将就一天两天还勉强可以，时间长了财力也不允许，接下来的日子，吃饭时也只能是就着咸菜填饱肚子。

这里的乡亲们身体都很健康，精神面貌也不错，每天都能看到他们乐呵呵的，没有忧愁没有烦恼，走起路来脚底像生了风，干起活来也都干劲十足。晚上我在村子里走走转转，到处都能听到欢快的说笑声。农活不忙的时候，在傍晚或者是清晨，还能看到一些大姐大嫂们在门前院子里跳广场舞。

令我没想到的是，石红波家里（不包括我和石红波两个在外打工的）六个人中有五个是重症病人。婆婆年岁已高且基础病缠身，因患白内障未及时治疗导致一只眼已失明，另一只眼在光亮处也仅能看到一点影子，说白一点，其实与盲人没什么两样；大哥大嫂虽然已分家独自生活，但家运不济，大哥患食道癌已至晚期，大嫂因经受不住这突如其来的打击，患上了精神病，且有一天比一天加重的趋势；二哥、三哥不知中了啥邪气，也患有精神病，平时不砸锅摔碗就算是烧高香了，压根儿不能指望他们能帮家里做点什么。全家上下就侄女石玉一人算是健康的。侄女说是健康，其实因缺乏营养，身体也十分瘦弱。

白天，他们待在各自经常呆坐的地方，也算是"相安无事"，但到了晚上，婆婆被病痛折磨的呻吟声，患有精神病的二哥、三哥冷不丁发出的咒骂声、吼叫声，还有老鼠争抢食物发出撕咬声等，相互交织在一起，让我感到如同在人间地狱一般。

吃不好睡不好是一个方面，还要忙着为他们请医治病、花钱买药……

我在云南老家虽然也看到过一些比较困难的家庭，也遇到过一些比较难办的事，但像石红波家里的这种状况，我想都没想到过，更没有经历过。说句实在话，石红波家里的这些状况，远远超出了我的心理预期，也远远突破了我能够承受的底线。

想想我和石红波离开深圳的时候，工友们曾祝我们新婚幸福，万事如意，看看眼前的一切，哪里有一星半点幸福的影子，哪里有一件能让人称心如意的事。别人新婚度蜜月是游山玩水，过的是甜甜蜜蜜的日子。而对于我和石红波而言，没有一点度蜜月的感觉，更谈不上有度蜜月的氛围。每天在所谓的家里，闻到的是让人窒息的霉臭味，听到的是二哥、三哥因精神病发作而发出的让人听到后感到万分恐怖的吼叫声，吃的是缺油少盐的饭菜，等等。本应是度蜜月，却如同掉进了黄连缸里，浑身上下除了苦还是苦。想着想着我哭了，想着想着我犹豫了，想着想着我开始思考和石红波一起离开这里，回到深圳重新开始我们的生活。

石红波非常理解我的想法和打算，对我的处境也十分疼惜。他几乎是在流着泪和我交谈，开始是挽留我，见我的态度没有改变，后来又和我商量，决定让我一个人去深圳打工，他留在家里照顾生病的母亲和患病的哥嫂。

我要离开石红波家只身一人再回到深圳打工的消息很快传到了我婆婆的耳朵里，她用那双枯瘦的长满老茧的手紧紧握住我的一只手说："兰兰，我的好儿媳妇，都是我无能拖累了你们，要回深圳你和红波一起去，我瞎老婆子只要还有一口气，就要把这个家撑着，你们放心地走吧。"

婆婆对我把话一说完，便撕心裂肺地哭喊道："老天啊，你不公呀，有啥灾啥难让我这个瞎老婆子受着还不够呀，干吗还要拖累我的兰兰好儿媳妇和我的好儿子红波呀？！"

婆婆一边哭着，一边催石红波和我离开家里。我的丈夫石红波蹲在母亲的跟前哭着说："妈呀，儿子我不能离开你，我要是离开你，下回再回到家里的时候，就只能到村里的墓地上，在你的坟头前给你烧纸了。"

婆婆不停地催我们快到村头去乘坐到襄阳火车站的中巴车，但却把我的手抓得越来越紧，迟迟不愿松开。

看着丈夫泪流满面，听到他在母亲面前哭声凄楚，想到他为了这个家而做出的艰难选择，我开始心疼起来。我深感丈夫石红波的不易，20出头的年龄，担负着他这个年龄不能担负的家庭重担，这需要多大的毅力和勇气，这需要多大的付出和辛劳呀。一日夫妻百日恩，想到丈夫要面对的苦难，我突然改变了去深圳的想法，哭着跟丈夫说："红波，深圳我不去了。我赵福兰进了你石家的门，就是你石家的人，有苦有难我跟你一起扛着。"

不知是谁无意还是有意播放的，从不远处飘来了豫剧《朝阳沟》王银环下山时的唱段：

> 我往哪里去我往哪里走
>
> 好难舍好难忘的朝阳沟
>
> 我口问心心问口
>
> 满眼的好庄稼我难舍难丢
>
> 朝阳沟朝阳沟
>
> 朝阳沟今年又是大丰收，大丰收
>
> 人也留来地也留，地也留
>
> ……

听着这唱段，我冥冥之中感觉到这"人也留来地也留"，分明就是在留我赵福兰。

婆婆听我说完不去深圳的话后，慢慢松开了我的手，摸索着从衣兜里拿出一个用塑料布缠了又缠的包包，递到我手里说："这几百块钱是镇政府照顾救济我们家的,平时我舍不得花,攒下来的,它是我们石家的全部家当,今天交给你,这个家以后就靠你了。"

我一边帮婆婆把满脸泪水擦干净,一边把钱装进婆婆的衣兜,然后拉着婆婆的手说:"妈你放心,我和红波听你的,只要我们好好干活,往后肯定会过上好日子。"

04

白天你当我的婆婆，晚上我当你的妈妈

农村过去有个不好的风气，刮风下雨下雪的时候，农田的活干不了，于是人们便扎堆谈论一些与己无关的事情。很多小事被传来传去，逐渐就变了味，有的甚至还会变性变质。有些人在议论时特别喜欢较真，在议论某人某事时，还会因观点不同，而争吵，有的甚至恶语相向。

石红波的媳妇不走了的消息一时间成了人们茶余饭后议论的热点。

有的人说：石家那么穷，居然还娶了个那么漂亮的媳妇，而且这媳妇能够留下来与石红波一家共患难，一块儿过艰难的日子，这莫非是现代版的仙女下凡？！

有这种想法的人普遍认为，像石红波这样的家庭、这样的条件能够娶上媳妇，将将就就地与他过日子，表明上天已经够眷顾石家了，但没想到上天还这样给石家面子、给石红波面子。赵福兰这媳妇不仅能在这石家住下来，并且还能起早贪黑地和石红波一样干重活和累活，这确实是一件既让人意想不到又让人不得不佩服的事情。要是换到村里那些比赵福兰年龄大，比赵福兰身体好的个别媳妇身上，可能后悔得哭死过去好几遍了。

有的人则说：赵福兰年轻爱面子，暂时不离开石家，是怕乡亲们说长道短。像石家目前的状况，赵福兰不离开石家是不正常的，离开石家才是正常的，"孔雀东南飞"是早晚的事。

还有的人说……

人们议论归议论，至于赵福兰走也好留也好，那是石家的事，与他们没有一分钱的关系，说说也就过去了。

在赵福兰是留是走这个问题上，最牵肠挂肚、最放心不下的人是赵福兰的婆婆。赵福兰的婆婆虽然视力很差，但听力相当好。她不知从哪里听到人们议论自己的儿媳妇"可能会离开"之类的话，心里便开始不安，生怕儿媳妇赵福兰会在什么时候突然离开石家、离开自己的儿子石红波，去一个让人无法找到的地方。她晚上睡觉时，经常梦到儿媳妇赵福兰背着刚进石家时背的那个小包跑了，自己在赵福兰身后拼着命追、拼着命喊、拼着命劝，而儿媳妇则像没听见似的。

赵福兰的婆婆越是想这些，心里就越是着急，而心里越是着急，就越感觉这些事就要发生。

为了防止儿媳妇赵福兰突然出走,只要是赵福兰一个人干活的时候,赵福兰的婆婆便想办法与赵福兰在一起,不管赵福兰干活忙不忙,总要与赵福兰找一些话说。她有一个朴素的想法,只要儿媳妇赵福兰能与她搭话,就说明儿媳妇还在石家。赵福兰的婆婆白天这样明盯暗防,到了晚上则更加紧张,她甚至彻夜不眠。赵福兰晚上休息时只要有一点声响,她便装作咳嗽不止。有时外面刮风引起门窗发出碰撞之声,赵福兰的婆婆听到之后也会随即发出呻吟之声。

赵福兰虽然还很年轻,但对一些事件的观察分析还是相当仔细的,特别是对婆婆近期的一些举动,她反复观察,总感觉有点不太正常。婆婆有哮喘这方面的基础病,偶尔咳一咳属正常现象,但近期婆婆发出剧烈的咳嗽声,总是与赵福兰晚上进出家门而产生的声响有关。于是赵福兰便意识到,这极有可能是婆婆怕她跑了,是在刻意盯着她。赵福兰无奈地笑了笑,然后自言自语道:"这真是可怜天下父母心呀!"

有一天夜深了,赵福兰辗转反侧无法入睡,她想婆婆白天有事没事就找自己闲聊,晚上不休息还紧张地关注门窗的声响,还是怕她跑了,老人真是用心良苦呀。赵福兰又想,婆婆本来身体就不好,再这样没日没夜地担心,不知哪一天身体就会出问题。

想着想着,赵福兰便轻轻推醒了熟睡的丈夫。她对丈夫石红波小声说道:"红波,老妈真有意思,你发现她白天黑夜都在盯着我吗?生怕你这个宝贝儿子的媳妇跑了。"

石红波迷迷糊糊地答道:"我白天干活累得气都喘不上来,哪有工夫观察这些。"

赵福兰又小声跟丈夫说:"你注意听,我出去把门开一下,老妈立刻会大声咳嗽起来。"

随着赵福兰开门时"吱"的一声响起,赵福兰的婆婆便一声接一声地咳了起来。

石红波听到母亲的咳嗽声之后，笑着对妻子赵福兰说："老妈真是一个爱操心爱管事的人。"

这时，赵福兰对丈夫石红波说："这几天晚上，你一个人睡，我去陪陪老妈，要不然把你妈折腾殁了，你石红波就成了'石氏孤儿'了。"

说罢赵福兰便下床，端着一杯温水来到了婆婆床前。赵福兰的婆婆见儿媳妇深更半夜为自己送水，顿时激动得不知如何是好，刚刚还上气不接下气的咳嗽立刻神奇地停了下来。

赵福兰见婆婆咳嗽停下来之后，便跟婆婆说："你往床里边挪一下，我跟你睡在一起，给你捶捶背揉揉肩，也许你要好受一点。"

赵福兰的婆婆哪里依得了这些，坚持推辞说："不行不行，我这里脏得要命，别把你染上病了。"

赵福兰一边说着"没事没事"，一边用力将婆婆往床里边挪了挪，然后让婆婆斜靠在自己的胸前。忽然间，婆婆头发上的恶臭味，被子里面的汗臭味交织在一起向赵福兰的鼻孔窜去，赵福兰顷刻间有一种肠子肝花都要吐出来的感觉。她强忍着，慢慢地吸气，慢慢地呼气，直到心里胃里平静之后才说道："你年龄大了，病了千万不要像我们年轻人那样硬扛着，否则小病也会拖成大病。我们家里现在虽然有些困难，但给你买点感冒药的钱，还是有的。你是我们家里的顶梁柱，你要是倒下了，这个家可就要塌了。"

赵福兰一边小声说着，一边在婆婆前胸后背轻轻敲打、轻轻按摩。片刻工夫，婆婆便躺在赵福兰怀里安然入睡，随后响起了酣畅淋漓的呼噜声。

天渐渐亮了，鸟儿在瓦片上、窗沿上叽叽喳喳叫个不停。赵福兰想轻轻挪动一下身子，却发现自己的衣角被婆婆紧紧地抓在手里。也许是鸟儿叫声的惊扰，躺在赵福兰怀里熟睡的婆婆很快醒了过来。当她发现自己躺在儿媳妇怀里睡了一宿的时候，连忙数落自己的不是。

赵福兰听后笑着说："你晚上睡得特别香，呼噜声也特别大，好像能把瓦片上的灰给震下来。看到你熟睡的样子我心里不知有多高兴。"

赵福兰刚把话说完,婆婆便接着说:"兰兰,我跟你说句实话,这一晚上不仅是我睡得最香的一晚上,也是我好些年来第一次没做噩梦的一个晚上。"

赵福兰的婆婆说到这里停了下来,用模糊的双眼,吃力地看着赵福兰问道:"兰兰,你猜我晚上梦见谁了?"

赵福兰只是摇摇头,没有回答。

赵福兰的婆婆少有地露出笑脸说道:"晚上梦见我的老妈了。她很心疼我,怕我睡不好觉,把我紧紧地搂在她的怀里,醒来我才发现是睡在你怀里。哎,有妈陪着睡的感觉真好。"

赵福兰看着婆婆高兴的神情,又想到她假装剧烈咳嗽的样子,意识到婆婆身体上的疾病是用药能治好的,但更让人犯愁的是婆婆用药难以治愈的心病,心病必须要用真情去治。想到这里,赵福兰便接着婆婆的话说:"我已跟红波说好了,这几天晚上我陪你睡,顺便给你捶背揉肩。白天你当我的婆婆,晚上我当你的妈妈,你就躺在我怀里,好好地做美梦、睡好觉。"

赵福兰说罢,婆婆又甜蜜地笑了起来,嘴里咕哝道:"小丫头片子,没想到你还会占我这个瞎老婆子的便宜。"

05

我俩每人吃两个

在赵福兰的精心照料下,婆婆的眼疾和咳嗽等病情在慢慢好转,但心病治疗起来还有较大的难度,它不仅需要时间,更需要赵福兰的真情。

一天,赵福兰在休息的间隙跟丈夫石红波说:"这一段时间,我给妈妈按穴位、捶背揉肩、拍打胳膊腿,还督促她按时服药,她身上的疾病明显好了许多,特别是眼睛,过去好像什么都看不到,现在只要光亮好一点,她看东西基本上能辨别是什么了。但我发现妈妈的心病依然很重,估计她除了担心我会跑外,还有就是操心这个家怎样过。"

赵福兰话还没有说完,丈夫石红波忙说:"怎样过?还不是一天一天地过。像她现在的状况,视力也不好,浑身都是毛病,操心又有啥用?!"

赵福兰待丈夫把话说完,想了想,然后用商量的口气说:"我有个想法,不知你赞不赞成?"

石红波在妻子赵福兰面前从来都是百依百顺的,石红波回答得很干脆,他对妻子赵福兰说:"你有什么想法只管去做就行了。"

得到丈夫石红波的许可后,赵福兰说:"我打算做两件事。第一件想把我们打工时攒的钱花掉一部分,用于改善家庭的生活。"赵福兰说着,丈夫石红波张着嘴巴、睁大眼睛听着,"你看,我们这一家人一日三餐很难吃上一点荤菜。大家本来就体弱多病,每天还这样缺油少盐地将就着过,身体会好起来吗?这样即使能节约点钱也不够用来治病买药。前几天我与村子里几位大嫂子、大姐姐谈过,说想买几只母鸡。话还没说完,有一位嫂子就批评我说现在春天正是母鸡产蛋的时候,谁也不会卖给我炖汤吃。我给这位嫂子解释说,我是想买几只老母鸡养着,让它们产点鸡蛋来补一补婆婆的身子。几位嫂嫂听后非常体谅我们家的困难,都表示要把自己家里最能产蛋的老母鸡送给我。我跟几位嫂嫂说,春季产蛋母鸡贵如牛,你们在这个季节能把母鸡卖给我,就是帮我解决了大困难,钱你们必须得收下。"

赵福兰说到这里停了下来,看了看丈夫石红波,然后细声细语说道:"我跟几位嫂嫂已经约好了,你要是同意,明天晚上我就把几位嫂子家里的母鸡买回来。"

丈夫石红波听后没有提出任何反对意见，只是责怪自己想不到这件事。

赵福兰见丈夫同意了自己的这个计划，心里很高兴，接着又向丈夫谈了自己的第二个想法。她说："现在好多病，特别是心病都是闲出来的。你看我们老妈的心病就是闲出来的，本来身体就非常弱，还要没日没夜盯着我，担心我跑掉。老妈这样费心劳神能不病吗？我想近期把生活给他们好好改善一下，待天气暖和以后，请老妈指导我把咱们房前屋后的菜园子好好种一下，确保我们一年四季都能吃上新鲜的蔬菜。菜园子里有了菜，我们的生活也可以有改善，同时也可以节约买菜的支出。要不然，我们再到村头的菜摊上去买菜，别人会骂我们懒得要命的。"

赵福兰是这样想的，也是这样做的。

赵福兰从村里几位大嫂子、大姐姐家里买了十几只母鸡，与其说是买的，不如说是乡亲们特意资助他们的。

俗话说万物皆有灵性，赵福兰新买的这十几只母鸡便是如此。它们学着原主人家乐于助人的样子，一进入石家，在各方面都还不"熟悉"的情况下，便急急忙忙地趴窝产蛋，沉寂了多年的石家院子，因母鸡产蛋后发出的咯咯嗒嗒的叫声，重新热闹起来。

家里有了母鸡，母鸡又产了蛋，赵福兰改善大家生活的打算就有了基础。她每次在给婆婆及两个哥哥做饭时，要么做一份水煮鸡蛋，要么做一份蒸鸡蛋。虽然量很少，但他们在吃饭时能尝到鸡蛋的香味，就感到特别的满足。

一天早上，赵福兰挺着大肚子，问婆婆早饭想吃点什么，婆婆几乎没有考虑地说想吃两个荷包蛋下面条。赵福兰听后转身离开时，婆婆好像想起了什么，突然又跟儿媳妇说："你也得跟我一样吃两个荷包蛋。要不，我早上什么也不吃。"

赵福兰听婆婆这么一说，顿时也吊起了胃口。自她嫁入石家，特别是怀有身孕之后，很少能吃上有营养的饭菜，她也特别需要吃一点有营养的饭菜了。她听后忙回答婆婆道："听你的，咱俩每人吃两个。"然后便摸摸自己挺着的大肚子，在心里说："宝贝，今天你要吃荷包蛋了。"

过去几天母鸡产的蛋，除了当天食用外，一般会剩下四五个供第二天早上食用，而今天赵福兰在鸡窝里翻来覆去地找也只找到了两个鸡蛋。她想到婆婆说的"你也得跟我一样吃两个荷包蛋。要不，我早上什么也不吃"，一时犯起了难：跟婆婆说只有两个鸡蛋了，一人只吃一个，怕婆婆产生其他的想法；说两个鸡蛋全让婆婆吃，婆婆肯定也不会接受。赵福兰思忖片刻，有了应对的办法。她轻轻拍了拍自己挺着的大肚子，苦笑着说："宝贝，荷包蛋你只有改天才能吃到了。"

煮好面条，赵福兰给婆婆盛了一浅碗面条，在上面撒了点葱花，滴了几滴芝麻油，然后将一个溏心荷包蛋放在上面。为了消除婆婆的顾虑，证明自己确实是在与婆婆一起吃荷包蛋面条，赵福兰在自己的碗里盛了一勺漂有蛋花的面汤，将另一个荷包蛋盛进自己的碗里，然后一只手端着荷包蛋面条，一只手端着半碗荷包蛋面汤，挺着大肚子，一步一挪地来到婆婆的床前。

赵福兰对婆婆说："这是咱们家母鸡昨天才产的新鲜鸡蛋，我先给你盛了一个，你快点趁热吃，凉了再吃腥味大。"

婆婆从赵福兰手里接过荷包蛋面条，又十分费力地瞅了瞅儿媳妇赵福兰碗里，赵福兰见状忙用筷子将碗里的那个荷包蛋挑了挑，婆婆见儿媳妇碗里也盛有荷包蛋，便大口大口地吃了起来，嘴里还不停地说道："好吃好吃、好香好香、好暖胃好暖胃。"

赵福兰轻轻喝了一口带有蛋花的面汤，荷包蛋好像在故意挑逗她似的，总是在她的嘴边碰来碰去，她真想一口把这个荷包蛋吃下去。但她想到婆婆说的"吃两个荷包蛋下面条"那句话后，又用筷子把荷包蛋拨在一边。此时她肚子里的孩子仿佛是听懂了奶奶说的"好吃好吃、好香好香"，不停地在赵福兰肚子里活动，似乎也在叫着要吃要喝。赵福兰用手抚摸着自己的肚子，在心里安抚孩儿说："宝贝别馋，奶奶病了需要营养，今天的荷包蛋只够奶奶吃，妈妈保证以后给你做好多好多的荷包蛋面条，让你每天都吃个够。"她心里想着，不由得鼻子一酸，眼泪也唰地流了下来。过了一会儿，待自己情绪平稳后，赵福兰从婆婆手中接过空碗起身说道："我去把那个荷包蛋给你盛来，煮老了不好吃。"

赵福兰来到厨房，像给婆婆盛第一碗面那样，先盛一浅碗面条，接着放上香葱花、滴上几滴芝麻油，接着便小心翼翼地将自己碗里的那个荷包蛋放在婆婆那碗面条的上面，然后双手捧着热气腾腾的荷包蛋面条，挺着大肚子一步一挪地向着婆婆床前走去……

06

我们得让他们有个温暖的窝

石红波的家所在的八角庙村，紧挨着汉江，每年冬天虽然不是特别漫长，但是却出奇地寒冷。这里没有烧炕取暖的习惯，因此无论是从北方来的，还是从南方来的，也包括在这里土生土长的本地人，都感到这里的冬天超级冷，特别是夜晚，会把人冻得几乎要把满口的牙齿抖掉。

石红波的家按照赵福兰在自述中讲的，哪算是个"家"？石红波家里那几间破旧的房子，仅能遮挡日晒，一旦遇上刮风下雨下雪，房子里面和外面没什么两样。晚间睡觉若遇到刮大风，从断裂墙缝吹进房里的风发出鬼怪般的声音，让人感到十分恐怖。

但也有不一样的时候，而且反差还特别大。遇到天气晴好的时候，屋子外面的空气非常新鲜、非常怡人，地面在阳光的照射下，格外干爽，到处都散发着泥土的芳香，而在石红波家的屋子里面则给人一种特别不适的感觉。由于长期紧闭门窗，没有通风透气，房子里面特别潮湿，地面如同浇了水一般。尤其是石红波二哥和三哥睡的屋子里，不仅潮湿而且臭气冲天，给人一种要窒息的感觉。

石红波还在深圳打工的时候，曾经有一天，他的母亲见天气晴好，气温也比较高，便摸索着走进自己患有精神疾病的三儿子房间，打算把他盖的被子及铺的褥子抱到太阳地里晒一晒。谁知她一走进老三的房间，刚把被子抱起来，只见坐在房间角落的石老三一下扑向他的母亲，一边狂吼着"这是我的地盘，不许抢我的宝藏"，一边对其母亲拳打脚踢，石老三的母亲随即发出撕心裂肺的呼救声。从石红波房前路过的几名本地年轻人，听到呼救声之后，不顾一切冲进石老三房间，拼着命才将石老三制服。尽管这几名年轻人施救及时，但石红波母亲的腿上、脸上仍然被石老三打得青一块紫一块。自此，石红波的老母亲除了每天给自己患有精神病的二儿子和三儿子送饭能靠近他们外，其余时间再也不敢越"雷池"半步。

有一位对石家非常关心的大姐，见石家老二、老三睡的地方长时间既不清理也不清洗，担心会诱发其他疾病，于是便趁石老三外出转悠的时候，尝试着进入他们的房间把发霉发臭的被子抱出来晒晒。还没把被子晾好，她就被转悠回来的石老三看见了。石老三顺手抄起一根木棍一边大声吼着"你敢动我的宝藏，我要打死你",一边向这位大姐追打过去。这位好心的大姐拼命奔跑着、哭叫着、呼救着,直到发现石老三没追她了,才上气不接下气地停了下来。

人们得知石红波的两个哥哥精神病发作时,不管是什么人都要不分青红皂白地乱打一通的消息之后,都刻意躲着他们,尽可能不与他们有任何接触。有时看到石红波家里困难,大家想送点蔬菜及其他东西给石家时,也只是放在离石家较远的地方,然后再大声通知石红波的母亲去取。

石红波的母亲就是在这样的环境中心惊胆战地生活着,心也一直这样悬着,直到赵福兰走进石红波家,成了石家的媳妇,石红波的母亲每天悬着的心才慢慢地放了下来。

自入冬以来,石红波的二哥、三哥睡觉的房间在夜深人静的时候,经常传出哼哼呀呀的呻吟声,不时还能听到他们上下牙齿磕磕碰碰发出的声音。赵福兰开始以为是两个哥哥精神病发作时的一种反应,没有特别在意。直到有一次,她为婆婆捶背揉肩、搂着婆婆入睡时,才发现婆婆盖的被子和铺的褥子很薄,而且十分潮湿,躺在床上如同躺在铁板上一样,以至于她和衣斜靠在床上时,一点暖和的感觉也没有。她在想,婆婆的被子及褥子遇到天气晴好的时候还能在太阳下晒一下,晚上睡觉的时候都没有一点暖和的感觉。两个哥哥不许任何人踏进房间半步,他们盖的被子和褥子长期不清洗、不晾晒,再加上长期潮湿,睡到夜里能不冷吗?赵福兰意识到,两个哥哥半夜三更发出的痛苦呻吟声及牙齿磕碰声,受自身病情影响是一个方面,更重要的可能是夜晚冻得受不了而发出的颤抖之声。

想到这里,赵福兰萌生了为两个哥哥打扫房间、清洗晾晒被子的念头。于是赵福兰小声地跟石红波谈了谈自己的想法。半睡半醒的石红波听到赵福兰要为两个患有精神病的哥哥清洗晾晒被子和褥子时突然清醒过来,睁大眼睛盯着妻子愣了半天,然后十分担心地说:"三哥连他的亲妈都敢打,你这样大着肚子的能经得起他打?"石红波对妻子赵福兰第一次提出了反对意见。

赵福兰跟丈夫石红波说:"寒冬腊月里,气温这样低,我们盖着新棉被夜里都冷得受不住。两个哥哥在如此潮湿冰冷的环境中能不冷吗?我们得让他们有个温暖的窝。"

丈夫石红波对自己的关心，赵福兰从内心深处表示感激。为了消除丈夫对自己的担忧，赵福兰便把最近自己在二哥、三哥面前做的"功课"说了一遍。

自从家里喂养了十多只产蛋的母鸡之后，赵福兰每天早上在给婆婆煮荷包蛋面条的同时，也特别注意改善二哥、三哥的伙食，除了主食能让两个哥哥吃饱外，炒菜时还刻意加大一点食用油的用量，母鸡产蛋多的时候，也时常给他们煎点鸡蛋，或者是青菜炒鸡蛋。饭菜做好后，赵福兰还亲自将饭菜送到两个哥哥的手里。时间长了，赵福兰又尝试着与两个哥哥对话，开始他们对赵福兰是充满敌意的，特别是三哥石老三，动不动就吹胡子瞪眼骂赵福兰，或者举起拳头要打她。而赵福兰则稍稍退后一步笑着对石老三说："三哥，我是你弟媳妇赵福兰，我们是一家人、是好朋友，我每天都在给你做好吃的。"

石老三一听赵福兰说每天都在给他做好吃的，情绪立刻稳定了下来，嘴里喃喃自语道："我要吃好吃的。"

赵福兰见三哥对自己有"友善"的表现，便以此为突破口，每天尽可能地给他们做一些可口的饭菜，以此加深他们相互之间的"信任"。这一招确实很灵，石老三饿了的时候或者是想要什么东西的时候，总爱向赵福兰提出。类似"弟媳妇，我饿了"这样的话，讲起来既轻松也自然流畅。对于三哥的要求，赵福兰只要是听到了，就会第一时间用温柔的语气回答道："三哥听话，别着急，弟媳妇我马上给你做好吃的。"

随着时间的推移，曾经"桀骜不驯"的三哥在赵福兰的诚心照顾下，慢慢变得"言听计从"了。一次，赵福兰试探着跟三哥说："三哥，能让我到你的房间，把你的'宝藏'搬到外面晒一晒、洗一洗吗？"

石老三听后不但没有反对，反而立刻让赵福兰进入他的房间，并动手要把床上的被子往外面抱。除了每天要闻到的恶臭味外，赵福兰进入房间后还见地上扔满了卫生纸、棉絮及各种杂物，脏乱程度与过去农户家里的牛栏猪圈没什么两样。

06 我们得让他们有个温暖的窝

赵福兰见三哥要把被子往外面搬,便小声地跟三哥说:"三哥,今天太阳公公要休息了,明天我们一起往外搬好吗?"

石老三随即将被子放下,然后看着赵福兰不停地点头。

赵福兰如讲故事般向丈夫石红波讲了她是如何接近三哥的。石红波听后依然十分担心赵福兰的安全,但见赵福兰在这件事上很执着,便再三叮嘱赵福兰,一定要与他们保持距离,时刻防范二哥、三哥他们动粗动武。

随后,赵福兰又交代丈夫石红波天亮后到集镇上买二斤烧碱及五十斤生石灰粉,用作两个哥哥房间的清理清洗和消毒。

第二天一大早,村里的几位大姐和大嫂,从石红波那里得知赵福兰要为两个哥哥清洗打扫房间的消息之后,顿时紧张得连话也说不出来。特别是那位曾经为石老三打扫清洗房间,被石老三追打,逃跑时累得连气也喘不过来的大姐,扯住石红波的衣服说:"石老三发疯时的厉害劲我可是真正领教过的,他那个凶劲,恨不得把人给生吃了。你一定要告诉赵福兰,即使是为她肚子里的宝宝着想,这事也一千个一万个做不得,太危险了。"

这位大姐考虑到事情的严重性,跟石红波把话一说完,就赶紧约了几位平时处得比较好的老姐妹,来到了石红波家门前的院子里。这几个老姐妹约定,只要石老三对赵福兰动手,大家就一起上前把石老三控制住,然后迅速把赵福兰救出来。

清晨,石红波家的院子里放着两个大红塑料盆,各自盛了半盆滚烫的开水,准备兑入石红波买回的烧碱后,用来清洗石红波的二哥和三哥长期未清洗的被罩及床单等。

赵福兰见外面的工作准备就绪,就从衣兜里拿出一颗糖果递给石老三,并细声细语地说:"三哥,我们先把糖收着,等把床上的被罩床单洗好了,我们再吃好吗?"

石老三立马将赵福兰给的糖果装进口袋,然后按照赵福兰的安排,将床单、被罩一件一件放入外面的大塑料盆。赵福兰与三哥在一起干活相互配合的默契程度,让人难以相信这是赵福兰在和一个患有精神病的人一起劳动。

赵福兰虽然文化程度不高，但却是一个特别爱观察思考的人。她见几位大姐大嫂一大早就坐在自己院子里，立刻意识到她们是对自己的安全不放心，来这里保护她的，心里的感激之情油然而生。她见三哥情绪很稳定，而且也乐意听她的"指挥"，于是便想了一出"恶作剧"，来吓唬吓唬这几位冒着危险来关心她、保护她的大姐姐和大嫂子。她拿起一把铁锹递给三哥，并指着其中的一位大嫂子说："三哥，把铁锹递给那个大嫂，请她帮忙把你宝地里的灰尘铲一下。"

石老三接过锹便径直向大嫂坐的地方快步走去。大嫂见状以为是石老三要来攻击自己，正要转身跑开，忽然听石老三说道："大嫂，请你把我宝地的灰铲一下。"

听到石老三很有礼貌地请她帮忙的声音之后，这位大嫂慌乱的心才慢慢安定了下来。于是她们几个便一同进入石老二、石老三的房间，房间里的恶臭味立马把她们熏得喘不过气来，不到片刻就传出了她们的呕吐声。有位大姐见赵福兰在如此臭气冲天的环境中，依然能淡定从容地干着这些脏活累活，不由得鼻子一酸，随后又心疼地小声哭了起来。

赵福兰见状，忙从衣兜里拿出两张纸巾递给石老三，并指着正在小声哭泣的那位大姐说道："三哥，快去把这位大姐的眼泪擦擦，劝大姐不要哭了。"

石老三十分顺从地过去把这位大姐脸上的泪水擦了擦，然后也拖着哭腔说："大姐不哭，大姐听话。"

赵福兰和几位站在一旁的大姐姐、大嫂子见状笑得几乎喘不过气来。

太阳快要落山的时候，赵福兰在几位大姐大嫂的帮助下，将两个哥哥的房间打扫得干干净净，房子里洒满了杀菌防潮的生石灰粉，床上铺上了干爽松软的棉褥子，也换上了几位大嫂送来的七成新的厚被子。

上天好像长了眼似的，傍晚时分，赵福兰与几位帮忙的大姐姐大嫂子将二哥、三哥休息的房间打扫得干干净净，到处收拾得顺顺当当后，天上飘起了雪花，刺骨的北风也刮得一阵比一阵大了起来。

夜深了，人静了。虽然天气还是像往常一样寒冷，但今晚和过去不一样，两个哥哥已早早在暖和的被窝里酣然入睡,半夜也没发出哼哼呀呀、让人听后心里十分难受的呻吟声。

赵福兰虽然紧张地忙活了一整天,累得连说话的力气都没有了,但当她听到两个哥哥已酣然入睡,自己也很快进入了梦乡,这一晚上她睡得特别香,而且一觉睡到了自然醒。

07

宝贝听话，妈妈决心真正属苦瓜

时间一天一天过去，石红波这个将要破碎的家在妻子赵福兰的精心经营下，慢慢有了转好的苗头。原来村里那几个好议事者所讲"赵福兰不离开石家是不正常的，而离开石家才是正常的，'孔雀东南飞'是早晚的事"的预言也不攻自破。一时间，赵福兰不但不走了，而且还要为石家生养子女、传宗接代又成了这些好议事的人新的话题。

有的说赵福兰名字里有个"福"字，因此她是石家的福星；有的说赵福兰名字里有个"兰"字，是兰花的兰，象征着高贵、清新脱俗、圣洁、贤德、重情重义，因此她是石家的贵人；有的则说赵福兰有旺夫之相。

赵福兰的婆婆说得更贴切，她说："我的儿媳妇赵福兰就是我们石家的'招福来'，是她把福气招进了我们石家。"

村子里一位有点文学细胞的青年，在议论赵福兰时不但浪漫，还很现实。他这样说道：

赵福兰是石家的强心剂，
让将要倒下的石家脱离了险境。
多苦多难的石家，
像一只风雨飘摇中遇险的小船，
在赵福兰的把持下，
正慢慢向着有光有亮的地方，
艰难地，艰难地驶去。

赵福兰是石家的润滑剂，
让石家这台锈迹斑斑的机器开始转动，
开始有了些许的生机。
机器缓慢地转动了，
马达也发出嘶哑的声响了，

纵然是破旧不堪，

但它毕竟已从经年累月的躺卧中醒来，

一步一步地开启了新的征程。

赵福兰是石家的黏合剂，

把一个如同散沙般的石家紧紧地黏在一起。

有人曾经这样说，

人心齐泰山移——这也许是神话。

虽然你的体魄不是那样的强壮，

虽然你身上还有这样或那样的病痛与残疾，

但你们因赵福兰而抱成一团，

你们因赵福兰而紧紧地拧在一起，

我相信你们能战胜眼前天大的磨难，

去迎接美好的明天，

去创造新的奇迹！

无论是说赵福兰是石家的福星，还是说赵福兰是石家的贵人，或者是说赵福兰旺夫，或者是对赵福兰的更多更好的评价，确切地讲，如此评价对于赵福兰的现实表现而言，一点也不夸张，一点也不过分。

说赵福兰是福星，石红波的母亲及二哥、三哥身体的变化就是最好的例证。实践证明，赵福兰花钱买鸡、养鸡产蛋、以蛋养人的思路是对的，而且也是有效的。她的婆婆及二哥、三哥因为改善伙食、增加营养，身体都有所好转，特别是赵福兰的婆婆不仅脸上有了血色，精气神也明显足起来了，说话的中气也足了、声音也大了，走起路来也比过去快了许多，也开始笑着与人说话了，每次她提到自己身体一天天好起来的时候，都要说自己是托了儿媳妇赵福兰的福。二哥通过定期治疗、改善营养，病情发作的次数已明显减少，状态好的时候还能帮着赵福兰干一些劳动强度轻一点的农活。

说赵福兰"旺夫",村子里的老老少少更是高度地认同。石红波家境的初步变化、家庭成员精神面貌的变化暂且不说,仅家里最近发生的几件事就是"旺"的最好体现。

喜鹊落户是第一件事。丈夫石红波家里穷,很长一段时间成群结队的麻雀也不愿在石家院落停一小会儿。而自从赵福兰嫁入石家后,每天都有喜鹊在石家房前屋后叽叽喳喳叫个不停。当地普遍将喜鹊看成吉祥之鸟,一旦听到喜鹊清脆悦耳的叫声,总觉得是喜事临门的预兆。时间一长,有两只喜鹊不但没有飞走,还在石红波房前仅有一丈多高的小树上筑起了巢,跟赵福兰一样要在这里繁衍生息。

第二件事就是赵福兰从村子里几位嫂嫂家里购买的那十几只母鸡。这十几只母鸡不是一般地通人性,它们深知石家的困难,早上赵福兰将鸡笼门一打开,它们不是向新主人要吃要喝,而是径直跑到它们熟悉而且食物比较丰富的地方,埋头寻觅地上的食物,待到吃饱喝足之后,便火急火燎地赶回自己的新家,一头钻进它们的新窝,铆足了劲为新主人生产鸡蛋。石红波的母亲和两个哥哥,身体状况能一天比一天好起来,可以十分肯定地说这些老母鸡功不可没。

第三件事说起来则显得有些离谱。赵福兰成了石家媳妇之后没过多久,石家突然来了一只膘肥体壮的大黄猫,而且一来就"赖"着不走了。对这种现象,当地有个说法叫作"猪来穷,狗来富,猫来开当铺"。像这只如此膘肥体壮的大黄猫,自愿成为石红波家里的成员,人们很自然地将其视为家庭兴旺的预兆。这只大黄猫白天在石红波家随你怎样打扰它,它依旧自顾自蒙头酣睡,但到了夜晚,它却出奇地精神,没几天工夫,就把石红波家里那些作恶多端的老鼠收拾得干干净净。赵福兰晚上休息时,再也听不到老鼠争抢食物、相互撕咬发出的叫声。

面对人们的议论和赞美,赵福兰心里清楚,石家这点变化,仅仅只是开始,她以后要走的路还很漫长,要面对的困难还依然很多很多,要让这个家发生根本的改变,依然要付出很多。

石红波家共有 10 余亩责任田,因赵福兰怀有身孕,农田里远一点、重一点的农活，由丈夫石红波大包大揽。而离家近一点、轻一点的农活，则由赵福兰挺个大肚子凑合着做一下，确实做不了的还是得由丈夫石红波做。

赵福兰的婆婆虽然视力不好，但干起农活来却是行家里手。出于让婆婆活动活动筋骨避免待在家里胡思乱想再生出病的考虑，同时也出于向婆婆学习种田技能的考虑，只要天气好一点，赵福兰就会请婆婆与她一起到离家较近的责任田里，干一些她们婆媳二人力所能及的农活。

赵福兰的婆婆年轻的时候，也是个十分争强好胜的人，干什么事不仅要尽最大努力把事情干好，而且还要尽可能把要干的事干出名堂来。有时候不小心把事情干坏了，心里要难过很长一段时间。后来她患上了白内障，因担心治疗会花去大量的钱财，故而采取了"拖"的方式。这样不仅没把眼疾"拖"好，反而还延误了治疗的最佳时期，导致一只眼失明，另一只眼也只有十分微弱的视力。再加上家里的这些人病的病、疯的疯，既操心又劳力，她的身体也每况愈下。眼看着自家田地里的杂草比别人家田地里的庄稼长得还要高，她也只能干着急。就这样，曾经的种田能手却心有余而力不足，无可奈何地将自己家里的责任田一年不如一年地将就着种了下来，遇到年景差的时候都很难把种子钱收回来。

赵福兰深知这几年家里的10多亩责任田是婆婆的伤心事之一，因此在与婆婆一起干农活的时候，她尽量避开这些话题，以免引得婆婆伤心难过。

在赵福兰居住的村子里，有一句广为流传的农事谚语，叫作"春争日，夏争时"。无论是春争一日还是夏争一时，这句农事谚语就是提醒大家，千万别误了农时。

立春过后，气温一天天升高，邻居家里正不失时机地加大对大田作物如小麦和油菜田的管理，该施肥的施肥，该防虫治病的防虫治病；同时也忙着收拾自家房前屋后的小菜园，该深翻保墒的深翻保墒，该安苗落种的安苗落种，从早到晚忙得不亦乐乎。

赵福兰见乡亲们起早贪黑地翻田挖地、安苗落种，心里很着急，担心自己房前屋后的菜园错过了季节，全家人又得继续过着吃咸菜拌饭的日子。她曾想过直接向婆婆提出把菜园种起来，又担心婆婆说大家身体不好，干不了农活，于是话到嘴边又咽了下去。

一天晚饭后,赵福兰挺着大肚子随婆婆在房前屋后转悠,见婆婆心情不错,就鼓足勇气提出要把房前屋后的菜园种上,解决一家人一年四季没新鲜蔬菜吃的问题。话虽然是说出来了,但她的心却提到了嗓子眼。哪知婆婆听后不但没有提出反对意见,还说出了长时间没有说出来的心里话。

婆婆这样说道:"兰兰,自你嫁入石家,我看到你每天和我们一样就着咸菜拌饭吃,心里就想拼着这条老命不要,也要把房前屋后的菜园种起来,但寒冬腊月冰天雪地的,毕竟不是种菜的季节。现在春暖花开,正是安苗落种的大好时节,我几次都想和你提把菜园种上的事,但看到你大着肚子,又担心你抢着干活累得受不了。另外也怕你怪我这个瞎老婆子不识相,儿媳妇怀有身孕,咋狠得了心,还在给你派活。兰兰,今晚你提的要把菜园种上的事,也正是我这些天所想,刚好近期我和你二哥、三哥调养得都还可以,我们都还能凑合着做一做种菜种瓜的事,明天我们就慢慢地把菜园地整好,后天一大早让红波到镇里集市上把辣椒秧子、西红柿秧子、本地的旱黄瓜秧子、茄子秧子等都买一点回来。我们几个干一会儿歇一会儿,争取把红苋菜、早熟小白菜种下去,种子是我去年专门收藏的。另外我打算在小树旁及菜园四周竹篱笆旁,全部点上苦瓜、紫扁豆及本地的丝瓜。像苦瓜和紫扁豆特别恋秋,到天气打霜时它们还能结一茬。到上市的时候一时吃不完的,我们可以在锅里焯水然后晒干,到了第二年正二月间炖腊肉特别好吃。如果今年的年景正常,这几分地的菜园里长的菜,管我们全家应该是没有问题的。你要是想参加劳动的话,只准你干一些轻一点的活。千万别硬撑着,别累着了我的宝贝孙子。"

赵福兰的婆婆说着说着忽然把话停了下来,然后若有所思地说:"我这个瞎老婆子最崇拜苦瓜,自认为是属苦瓜的,其实是个大水货苦瓜。"

赵福兰听到婆婆有章有法的安排,又是感动又是佩服,在心里感叹道:"上天不助我婆婆呀,好端端的人就这样被病魔及家里的不幸之事给压垮了。"

赵福兰忽然对婆婆刚才说的"最崇拜苦瓜,自认为是属苦瓜的,其实是个大水货苦瓜"这句话感到百思不得其解。十二生肖里面并没有苦瓜的属相呀,婆婆怎么说自己是属苦瓜的，而且还说自己是个大水货苦瓜呢？

赵福兰带着这个问题，小心翼翼向婆婆请教。

婆婆听后慢慢地解释道："我刚才说的最崇拜苦瓜，是喜欢苦瓜的品格。兰兰，不知你平时注意了没有，苦瓜虽然很苦，但它从来就是只苦自己不苦别人。不论任何菜与苦瓜放在一起炒，都吃不到一星半点的苦味。我说自己是属苦瓜的，其实与苦瓜的品格是不相配的，我自己苦不说，还连累你们大家苦，还要给村委会、镇政府添麻烦，每年得给我们又是发救济款，又是送粮油，这不是大水货苦瓜是什么？"

赵福兰的婆婆说着说着，竟哭了起来。

赵福兰腹中的小宝贝似乎受奶奶的感染，也轻轻动了起来。

赵福兰轻轻抚摸着自己的腹部，在心里与宝宝说："宝宝听话，妈妈决心真正属苦瓜，这辈子坚决做到再苦也只苦妈妈自己，绝不连累宝宝，绝不再让我的宝宝受苦。"

08

我要吃肉肉

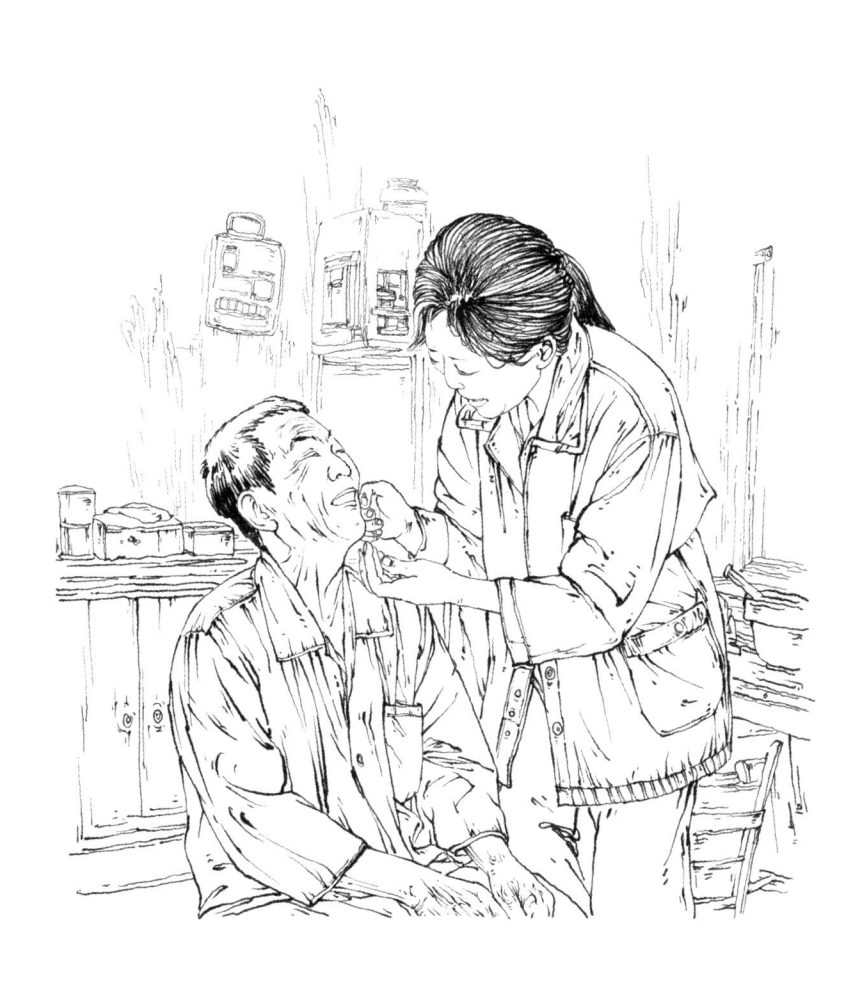

赵福兰是出了名的闲不住的人,一天到晚很少有停下来休息的时候。她干活所坚守的"岗位"可谓点多面广,涉及石家生产生活的方方面面,远超过去习惯上称呼的"八大员"。

人们有时候带着调侃的意思,掰着指头给赵福兰数了一下,赵福兰在石家担任的角色至少有十个,比如:炊事员、保洁员、监护员、卫生员、安全员、勤务员、家庭矛盾调解员,还有财务核算员、出纳员、对外关系联络员等,现在人们有时也戏称为"十大员"。这么多的职务没一个是虚设的。其中炊事员、监护员、卫生员等不仅做起来难度大,而且还有一定的风险,稍有不慎就可能出现大麻烦,有时甚至后果还比较严重。尽管如此,赵福兰依旧没有丝毫的退却。

单就炊事员而言,石红波家里虽然只有五口人,但由于吃饭时间不一致,病人对饮食的要求也不一样,仅早饭就需要赵福兰在厨房从清晨6点忙到上午9点左右。

赵福兰早上做的第一拨饭,是为她的丈夫石红波准备的。石红波每天要很早就下田干活,为了不让丈夫饿着肚子干活,赵福兰在天刚亮的时候,就得把石红波的早饭做好。她曾经这样跟乡亲们说:"我的老头子(本地说法,指自己的丈夫)是我们家里的顶梁柱,他起早贪黑地干活,全是为了我们这个家。我的老头子好了,我们全家都会好,我给我的老头子将就(服侍)好一点,等于是在把我们自己将就好了。"所以石红波在早上无论时间如何紧张,也必须把早饭吃了才能出门,再紧急的事情,他不吃完早餐就休想出门。

给丈夫做完早饭,再把屋里屋外收拾打扫一下,又到了给婆婆及两个哥哥做饭的时间。虽然婆婆和两个哥哥都是病号,但对饮食的要求却大不一样。婆婆经常哮喘咳嗽,身体虚弱,医生曾叮嘱赵福兰要让她婆婆吃一些有营养的、软一点的、好消化的食物。赵福兰的婆婆爱吃面食,于是她便尽可能在做好面食的基础上,变着法子做一些合婆婆胃口的。

两个患有精神病的哥哥的饭菜,赵福兰做起来难度相对要大许多。饭做少了不够他们吃,早早地饿了就喊着叫着向赵福兰要吃的要喝的,若是满足得稍微晚一点,这两个哥哥不是破口大骂,就是乱打乱砸家里的物品。饭做稀了不仅不顶饱，而且两个哥哥稍不注意还会烫伤自己的身体。这些对于正常人根本不是什么难事，而对于这两个哥哥而言，可就不是一般的难事了。赵福兰在服侍这两个哥哥时，不仅要考虑他们能吃饱吃好，还要注意他们能吃得安全，害怕他们在吃的过程中再吃出个安全"事故"来。

就卫生员而言，除了每天按时督促两个患病的哥哥服药外，其实干的尽是一些不卫生的事。早上这两个哥哥睡觉睡到自然醒，醒来的第一件事就是要吃要喝，根本没有要洗脸刷牙的想法，赵福兰就会像哄小孩一样哄着他们洗脸刷牙；衣服一旦穿在他们身上，立马就变成了他们的"宝藏"，要想让他们把脏兮兮的衣服换洗一下，比上天还难。有时分寸把握不好，轻则遭到谩骂，重则有可能遭到攻击。赵福兰这个卫生员就是在这样的环境下，艰难地履行着职责。

再就监护员而言，这可不是一般的监护，赵福兰的监护对象是丈夫石红波家里患有精神病的两个哥哥。这两个哥哥精神病没发作的时候，家里还相对安静一点，一旦病情发作立马把家里搅得乱七八糟，轻则骂爹骂娘，重则抄起扫把木棍，乱打一通。

特别是三哥石红兵，没有患病前他特别聪明，在校学习期间，他的各门功课考试成绩大多名列前茅。中考的时候，该校只有两名学生被宜城市第一高级中学录取，石红兵便是其中之一。进入高二的时候，不知是学习压力大，还是遭受了什么刺激，石红兵突然间变得狂躁不安，冷不丁地还动手袭击同学。后来经专门的医院诊断，石红兵患上了精神病。一个曾踌躇满志、意气风发的青年，就这样从宽敞明亮的教室里走进了精神病患者的病房里。

为了把这个监护员当好，赵福兰想了许多的办法，也动了许多的脑筋。她遵从医生的嘱咐，在两个患精神病的哥哥面前，充分地做好家庭关怀工作。

首先是让他们吃饱吃好。只要是在家里条件允许的情况下，赵福兰会尽可能搞好他们的伙食，改善营养。这样，他们的体质增强了，发病的次数也会相应的减少。

其次是给他们营造相对宽松的环境，按照医生的叮嘱，非原则性的事情不跟他们计较，更不与他们较真，时时处处让着他们，变着花样讨好他们，让他们少一点戒心，多一点开心，即使他们有时候把有些事情办坏了，也不求全责备，哪怕心里有一万个不满意也强忍着。

赵福兰特意观察了几次，这两个哥哥几次犯病都与婆婆责骂他们有关。于是赵福兰便非常小心地劝婆婆不要责骂他们，不然他们又会犯病给大家添乱。

赵福兰的婆婆十分无奈又十分气恼地说："他们每天吃得饱饱的，不但正经事一点干不了，反而还给你添乱惹事，我看到这些能不发火生气吗？"

赵福兰见婆婆有越说越气的势头，便进一步劝道："这两个哥哥是病人，我们只能把他们当病人来对待，如果他们不是病人也绝不可能每天只吃饭不干活，也绝不可能好端端给你惹出一些事来。你想想看，他们每次都是犯病了才干错事，这个时候你对他们发再大的火不但没有任何好的作用，反而还会气坏你的身体。我们摊上这个事了，也只能认了、忍了。"赵福兰的婆婆听她这么一劝，没再说什么，只是又"哼、哼、哼"地呻吟着。

最后，就是让这两个哥哥每天适量地动一动，不能长时间待在一个地方。赵福兰见两个哥哥情绪好的时候，就表扬他们"很聪明、很能干"。他们不喜欢听别人说自己的坏话，但特别喜欢听赵福兰说他们的"好话"。这两个哥哥只要一听到弟媳妇赵福兰说他们的好话，不仅表现得格外高兴，而且还显得格外"懂事"和"听话"。在这个时候赵福兰安排他们去干啥活，他们都会乐意服从，而且干起来还特别认真。

在赵福兰的悉心监护之下，这两个哥哥的犯病次数明显减少，病情也趋于稳定，对于家里一些简单的、劳动强度不大的活，在赵福兰的"指挥"下，他们也能够相对独立地完成。

一天，赵福兰见三哥状态比较正常，就哄着三哥把菜园里的一畦空地深翻一下，随后再种一点时令的蔬菜。石老三按照赵福兰的安排，非常投入也非常认真地在自家菜园里干着活。忽然村子里几个在一起玩耍的小孩子，蹦蹦跳跳地从石家门前走过，见石老三正独自一人在菜园里干活，便站在菜园栅栏外面，对着石

老三唱着他们自编的顺口溜:

> 石老三呀没老婆,
> 孤孤单单自己过。
> 没肉吃来没汤喝,
> 怪就只怪不干活。

> 石老三呀坏家伙,
> 装疯卖傻欺骗我。
> 假惺惺地做点事,
> 又要混吃又混喝。

> 石老三呀听我说,
> 老老实实莫闯祸。
> 规规矩矩做点事,
> 争取讨个丑老婆。

石老三在赵福兰的精心调理下,病情虽然有所减轻,但哪里经得起这几个小顽童的刺激,病情顷刻之间便发作起来。他一边吼叫着,一边手持挖地用的铁锹,飞也似的向这几个小孩追打过去。这几个小孩一边哭喊着"饶了我呀",一边拼着命向村子里人多的地方奔去。

村子里几个身强力壮的年轻人见石老三犯病要追打这几个小孩,便不问青红皂白,不顾一切冲上去,合力把石老三控制住,并打算用绳子把石老三捆起来。石老三拼命挣扎着,怒目圆睁地看着刺激他的几个小顽童,怒吼着:"你们骂我,我要砍死你们!你们骂我,我要砍死你们!"

赵福兰听到村子里传来三哥的吼叫声,立刻意识到三哥可能又惹事了,便赶紧向发声的地方跑去。只见石老三怒目圆睁地瞪着那几个顽皮小孩，嘴里仍不停地骂着。

赵福兰停下脚步，看见村子里的几个大哥大叔正大声训斥那几个小孩道："你们几个小鬼娃子，真是'石黄鳊（方言，指个体很小的鱼）撵鸭子——不知死活'，今天要不是我们这些人把石老三拦下来，石老三砍死你们也不冤枉。石老三没招你们没惹你们，你们刺激他干什么？！"

赵福兰一听立刻明白了是怎么一回事。她走到三哥跟前，超乎寻常的淡定沉着，她既没有责怪三哥招惹了谁，也没有追问谁刺激了三哥，更没有埋怨几个年轻力壮的年轻人们向三哥动武，而是向大家笑了笑，然后用纸巾将三哥嘴上的口水擦了擦，接着用手慢慢地轻轻拍着三哥因发怒而鼓起的前胸，嘴里不停安慰道："三哥听话，三哥听话，我们回家去，弟媳妇我给你做好吃的。"

石老三在赵福兰的安抚下，情绪慢慢地平稳了下来，愤怒的脸也慢慢放松。当他听到赵福兰说"我给你做好吃的"，忽然带着哭腔像小孩撒娇似的看着赵福兰说道："我要吃肉肉。"

赵福兰赶忙答道："三哥听话，我们回家，我给你炒肉肉。"

为了避免再引发新的事端，赵福兰使了个眼色，让那几个小顽童悄悄地离开，然后她用两只手紧紧地抱着石老三的一只胳膊，慢慢地向家里走去，嘴里依然不停地反复说着"三哥听话，我们回家，我给你炒肉肉"。

村里一位长辈感叹道："如今这样的好媳妇难找啊！"随后，他又问那几个年轻人："你们几个身强力壮的小伙子却制服不了一个身患疾病的石老三，赵福兰一个弱小的姑娘在石老三面前，既没有要打他的意思，也没有要吼叫他的意思，而是简单几句话，就能不费吹灰之力把石老三愤怒的情绪稳定下来，并把他带回家，你们知道是什么原因吗？"

那几个年轻人不停地摇着头，露出满脸的疑惑。

那位上了年纪的长辈接着替他们答道："根本原因是你们对石老三是在用武，而赵福兰对石老三是在用心。"

当天中午，赵福兰特意在村里肉摊上买了几斤上等的五花肉，全家人围坐在一起，开心地享受着很少吃到的"美味佳肴"。

赵福兰不停地将炖好的五花肉放在二哥、三哥的碗里，嘴里不停嘱咐道："慢慢吃，锅里还有很多。"而她却只是用勺子舀了点菜汤放在自己的碗里，就着米饭十分香甜地吃着。

09

看到她们在我面前，
我心里踏实

石家四兄弟里，石磊排行老大，与四弟石红波年龄相差近20岁。

那个时候家里兄弟较多，经济条件较差，作为家里的老大，石磊从有记忆起基本上没有享受过当老大的待遇，年龄很小的时候就边读书学习，边帮家里做些力所能及的事情。

石老大很聪明，在学校读书的时候，他的学习成绩在班上经常保持在前三。恢复高考后，他凭自己平时积累的知识，很顺利地考取了一所师范学校，从此与教书育人结下了不解之缘。

人们对石磊毕业后坚持回乡当老师的想法是坚决反对的，特别是平时与石磊交往较深的儿时玩伴。后来村子里跟石磊一样通过考学，或者是通过参军入伍等形式离开家乡的那几个小时候的玩伴，无论是在单位工作，还是自己创业，都发展得顺风顺水，特别是他们风光地回乡吸引乡亲们羡慕眼光的时候，他们会特别惋惜地说："我们这几个人那时候样样都比石老大要差得远，而现在都还混得不错，要是石老大师范学校毕业后不是选择回家乡教书，而是和我们一样到南方去打拼，现在要比我们好得多。唉，命运就是这样捉弄人。"

石磊那个时候尽管有许多的不舍，也有许多的不情愿，但他作为石家长子，面对家庭的困难，他放弃到发达地方工作的大好机会，回到家乡，在本镇所属的一所中学里教书。回到家乡后，他一边认真地教书育人，一边利用空闲时间与父辈们一起干农活。

到了谈婚论嫁的年龄，他娶了先前并不熟悉但后来又特别心仪的妻子。后来他们有了爱情的结晶——宝贝女儿。

女儿出生后，石磊搜肠刮肚、绞尽脑汁，最后决定起名叫石玉。

女儿石玉在10岁的时候，曾好奇地问自己的爸爸石磊："爸爸，世界上那么多的花呀草呀，为何不以它们的名称为我起名，却偏偏要给我起个'玉'的名字？"

石磊解释说道："玉本身的含义具体讲有以下四个方面。

"一是代表权力。在商代，玉为王家贵族所专用，是王权的象征。

"二是代表纯洁。玉石温润，晶莹剔透，色泽优雅，纹理清晰，代表着天真无邪。

"三是代表美好。

"四是代表祝福。玉是好运的象征,反映了人们对更加美好,更加幸福的生活的渴望。"

女儿石玉一字不漏、聚精会神地听着,仿佛自己就是爸爸所说的那个"玉"了。

石磊和妻子艰苦奋斗、辛勤工作,一家三口在镇上终于有了自己的房子。

正当石磊这个小家的日子逐渐过得滋润的时候,厄难却突然降临在他的身上。有一段时间,石磊总是感到浑身无力,时常还伴有难以忍受的疼痛。他以为这些症状是由伤风感冒所引起,开始并没有在意,只是按往常一样吃点感冒药,简单对付一下。直到后来实在扛不住了,才在石红波的陪同下,到市里的一家医院做了检查,结果诊断为食道癌,而且已经是晚期。这一纸诊断书如同晴天霹雳,石磊当场就瘫倒在石红波的怀里,十分绝望地哭了起来。

石磊的食道癌处于晚期,已不适合进行手术治疗,只能进行保守治疗。由于精神防线已被病情击垮,没过多久石红波的大哥石磊就去世了。石磊的妻子经受不了这突如其来的打击,变得精神失常,没过多久又双目失明。曾经幸福美满的三口之家因为没有了石磊,顷刻间就倒塌了。最让人心疼的是石磊的女儿石玉,成了一个有妈而妈又无力管、不是孤儿胜似孤儿的孩子。

赵福兰和石红波一起打工的时候,经常会听到石红波跟她说,他的大哥石磊是如何照顾家里,如何支持他读书学习。特别是常能听到石红波介绍他的嫂子特别贤惠,也特别关心他。为了他能安心读书学习,嫂子特意将他接到她和大哥的小家里,尽心照顾。石红波还含着眼泪动情地跟赵福兰说,大哥大嫂给他的关爱,比父亲母亲的关爱还要多。

石红波的大哥石磊病逝的时候,赵福兰刚生小孩。当她看到患精神病后双目失明且卧床不起的嫂子,年龄尚小且正在上学的侄女,特别是看到小侄女石玉一边要上学读书管理自己,一边还要花费大量的时间和精力照顾母亲,赵福兰心里十分担心。一个人长期卧床不起就会生出病来,像大嫂这样的情况,长时间卧床不但病好不了，弄不好还会危及生命。另外，侄女石玉年龄那样小，学业又那样繁重，她要在管好自己的同时，还要悉心照顾妈妈，时间长了精神肯定会被压垮。

赵福兰越想越后怕，一天早上吃饭的时候，她跟丈夫石红波商量："大哥去世后，嫂子又患上精神病，双眼也瞎了，她现在毫无生活自理能力，更谈不上去照管年幼的侄女石玉了。现在石玉所承受的已经超出我们成年人所能承受的范围，我看到她们母女俩无依无靠的境况，心里十分难受。我有一个想法，明天就把嫂子和侄女接到咱们家里，也许我管一管她们会好一点。"

石红波听完妻子的想法之后，心里非常感激，停了片刻，他跟妻子赵福兰说："我曾经也有过这样的想法，但一想到家里那么多事，你每天都忙得不可开交，再加上还要管我们的小宝宝，我担心你受不了，几次话到嘴边又咽下去了。"

赵福兰听到石红波也有这样的想法却又担心自己，十分淡定又十分坚决地说："把嫂子和侄女接到咱们家里，由我去照管她们母女的衣食住行，相对于过去而言，劳动量肯定是增加了不少，人虽然要累一些，但我的心却不累了，看到她们在我面前，我心里踏实。如果让嫂子她们母女二人依旧住在她们镇上的房子里，我的心会比管她们还要累。既然你也有与我同样的想法，咱们今天就着手把房子打扫干净，明天上午你就去把嫂子和侄女接过来。你若不去，明天我就抱着咱们的儿子去嫂子家里住下，一门心思地把嫂子和侄女照顾好。"

石红波见妻子赵福兰的态度如此坚决，没有一点商量的余地，连声答道："明天我一定将嫂子和侄女接到家里。"

石红波刚把嫂子接到家里，村里立马炸开了锅，人们议论纷纷。

有的说，家里有一个多病的老人和两个患精神病的哥哥，已经够赵福兰忙的了，现在又把患病的大嫂子和上学读书的侄女接到家里，她赵福兰就是有三头六臂，也很难管得过来。

还有的说，赵福兰本来就身单力薄，每天都是硬撑着在料理家事，再把照顾大嫂子这副担子加在她肩上，不仅要把"扁担"压断，有可能还会把她压垮。

乡亲们虽然有这样那样的议论，但都是心疼赵福兰、关心赵福兰，担心她管这么一大摊子难事，怕她吃不消、受不了、扛不住。

乡亲们的担心是有道理的，现实的状况远远超过了乡亲们的预测。

自将大嫂子从镇上接到自己家里后，原本就不太平的家就显得更加不太平了。

石红波的大嫂子因为家庭变故患病，彻底失去了自理能力。她清醒的时间，会常常想丈夫石磊对她的好，想她们一家三口幸福美满的过去，就会号啕大哭。她一边哭一边诉说，让人听后也会情不自禁地流下泪来。

石红波的大嫂子精神病发作的时候，不但会想到谁就骂谁，而且会动手打人，下手还特别重。她要是抓住了谁，就会不问青红皂白地乱打一通。打不到人的时候，就无休无止地骂人。石玉在照顾她妈妈的时候，看到妈妈如此表现，吓得连话也不敢与妈妈说。

赵福兰将大嫂子接到自己家里后，开始试着用对待二哥和三哥那样的方法，尽可能用家庭的温情安抚她。这种方式在大嫂没犯病的时候确实十分起效。大嫂虽然双目失明，但听力还可以。弟媳赵福兰忙自家的活都忙得喘不过气，还把自己接到她家里，每天不厌其烦地为自己端吃端喝、倒屎倒尿，作为妯娌能做到这个分上，真是天下少有。想到这里大嫂便又激动地哭了起来。赵福兰特别注意应对大嫂子激动的方法，把劝大嫂子的"度"拿捏得比较好。赵福兰曾经这样说："大嫂子作为精神病患者，情绪上是不允许有大的波动的。她的清醒只是相对的。如果你劝她不要多说话、不要号啕大哭，她会理解为是在限制她、轻视她，心里一激动，病情立即发作；你若放任不管让她哭个不休，同样也会导致她病情发作。没有别的办法，只好拿点饼干或者其他不易卡住咽喉的食物，选择适当的时候递给她，让她慢慢嚼、慢慢吃，以此来转移她的注意力。不然她一犯病，不知多少人又要挨打挨骂。"

石红波的大嫂子在赵福兰的精心护理下，病情趋于稳定，犯病的次数逐渐减少，脸上也渐渐有了血色，但偶尔发起病来，依然让人惊恐万分。

赵福兰在给大嫂子端吃端喝的时候，遇到她犯病还可以及时躲闪，若在为她擦洗屎尿的时候，她突然犯病，来不及躲闪，就只有被大嫂子揪着打骂的份了。

一次，赵福兰正在十分耐心地为大嫂子清洗拉在裤子里的大便，不知是谁不经意说了一句"好臭、好臭"，大嫂子听后像蒙受了奇耻大辱，情绪立刻大幅波动起来。她一边大声吵着骂着，一边紧紧抓住赵福兰的头发拼命地扯拽，一边将赵福兰刚刚为她换下来带有屎尿的裤子不停地抽打在赵福兰脸上。人们见状便不顾一切地将赵福兰"解救"出来。

路过赵福兰家的几个村民得知情况后，正要指责大嫂子不应该这样对待赵福兰的时候，赵福兰面带微笑，十分平静而又风趣地跟大家说："你们千万别上火，我的大嫂子犯病时打我骂我，其实她是在喜欢我。"

赵福兰就是在这样的情况下，十分小心、十分精心、十分诚心、十分耐心地照顾着石红波的大嫂子，她为了践行"看到她们在我面前，我心里踏实"这句话，足足坚守了13年。

2019年初春的一天，石红波的大嫂子特别精神，也特别清醒，当她听到家里人说她的宝贝女儿石玉已结婚成家了，脸上少有地露出了笑容。她紧紧握着赵福兰的手，十分平静地跟赵福兰说："今生有幸与你妯娌一场，这些年来我拖累你了。我的女儿石玉能有今天，全是你当小婶的功劳。我见到她的爸爸石磊以后，一定要向他说你和全家人的好……"

石红波的大嫂子眼眶里盈满了泪水，她轻轻地松开了赵福兰的手，然后慢慢地闭上了双眼，十分安详地走了。

10

相信我,这些困难小婶扛得住

10 相信我，这些困难小婶扛得住

赵福兰将患有精神病的嫂子及上学的侄女接到自己家里一起生活之后，嫂子在没有犯病的时候，见到赵福兰就激动得满脸泪水，嘴里不停地说着感谢赵福兰救了她和宝贝女儿石玉。赵福兰怕嫂子越说越激动，再导致精神病发作，便故意把话题扯到其他方面，以缓解嫂子过于激动的情绪。

赵福兰的侄女石玉年龄虽小，但十分懂事。她深知小婶赵福兰既要哺育刚满一岁的小弟弟，还要照顾多病的奶奶，同时还要监护照管家里经常犯病惹事的二叔和三叔，仅凭这些就够小婶辛苦劳累的了。小婶家本来就过得十分艰难，再加上她们母女俩，岂不是难上加难了吗？

石玉想到了自己在小婶家只吃闲饭，想到了母亲在小婶家不仅吃闲饭而且还时不时打骂小婶，心里越想越不是滋味。思考再三之后，便跟小婶提出了要搬回自己家的请求，以减轻小婶家里的负担。为了让小婶放心，石玉还向赵福兰反复地说自己已经是个大孩子了，洗衣做饭自己也学会了，并一再向小婶保证一定会把妈妈照顾好。

赵福兰听完石玉的想法，想到侄女这么小的年龄，不仅设身处地想到自己的困难，同时还能主动用她那瘦小的身体把家里的重担扛起来，不由得从内心深处感叹道：侄女年龄虽小但考虑问题是如此周全，面对困难是如此敢于担当，这无疑是石家的一棵好苗子啊！随后赵福兰一把将侄女石玉搂在怀里，拍拍她的肩膀说："玉儿你现在还小，你的肩膀目前还挑不起这副担子，你的任务是把书读好，把身体养好。相信我，这些困难小婶扛得住。"

八角庙村是个人多地少的地方，好田坏田、水田旱田加起来，人均田地也少得可怜，人们若盯着这有限的土地，一年四季面朝黄土背朝天，哪怕把田种出花来，充其量也只能解决温饱问题，而要想致富奔小康，则必须在发展庭院经济、发展特种种植、外出打工等方面找财路。

受故土难舍的观念影响，这个村子里很少有合家外出打工的，更多的家庭则选择男的外出打工，女的在家照顾老小及发展庭院经济。

男的外出打工之后，留守在家里上学读书的子女，时间长了难免会有想念爸爸的时候，因此上课走神也就成了自然而然的事。

学校的老师针对学生听课时存在的实际问题，不是采取"堵"的方式，比如说在课堂上点名道姓地批评某某同学听课走神，或者是注意力不集中，而是采取疏导的方式，选择一个适当的载体或者平台，拿出专门的时间让同学们去抒发自己对爸爸的思念之情。于是语文老师便出了这样一道作文题，叫作"爸爸，我想你了"，并且要求每个同学在作文写好之后，都要在课堂上向老师和同学们进行朗读。

有的同学写的时候开门见山，用寥寥数语直接写想念自己的爸爸时，自己是如何吃不香睡不好；有的写自己想爸爸的时候，半夜哭醒然后又哭着睡着，泪水把枕头都打湿了；有的则用简单朴素的语言，讲述与爸爸在一起时发生的令自己印象非常深刻的故事等。比如有一个同学这样写道：

爸爸呀爸爸，我想你了。春天来了，你却去很远很远的地方打工挣钱去了，每天都很辛苦地工作着。虽然你每个月也挣不了多少钱，但我听妈妈说，你会每月把挣的钱全部寄给妈妈，并叮嘱妈妈一定要给我买好吃的、做好吃的，让我能健康成长。你还叮嘱妈妈要给我买我喜欢的学习用品，让我在学习成绩上能有所提高。

爸爸呀爸爸，春天马上就要走了，夏天马上就要来了，我们村子旁边的河套里、田边的沟渠里，好多好多的小龙虾也争先恐后地游出来寻觅食物了。

爸爸呀爸爸，你特别会抓小龙虾，也特别会做小龙虾，往年你给我做的小龙虾色香味俱全，我每次都能吃个够。可是今年不行了，我只能"望虾止馋"和"望虾兴叹"了。

爸爸呀爸爸，我好想你这个时候能回来，再领着我去抓小龙虾呀……

有的同学写的篇幅虽然较长，但朗读时也只是挑自己认为的重点读了几句。

当老师点名让石玉同学朗读自己所写的作文时，石玉的双眼已盈满了泪水，

10 相信我，这些困难小婶扛得住

她用低沉的声音读道：

爸爸，女儿石玉想你了，不知你在那里过得好不好。

我的爸爸生在农村也长在农村，他虽然是一名公办教师，但从我记事起，印象中好像爸爸没有穿过一次"正统"的衣服。放学了一有时间就赶忙回到家里，帮我的奶奶做一些非常繁重的农活，浑身上下都沾满了泥土，有时还有刺鼻的粪臭味。开始我很不习惯，特别不愿意和爸爸在一起，后来时间长了，跟爸爸在一起的时候，我总感觉爸爸身上有一种泥土的芳香，也有点像我们做好了的大米饭的香味。

那个时候，我们家里不但穷，而且烦心的事也很多。家里有三个叔叔，二叔患有精神病，打针吃药、就医治疗都需要不少钱。当时三叔的学习成绩特别好，初中升高中的时候，我们镇的初中只有两名学生考取了宜城市一中，三叔就是其中之一。后来，不知是学习压力大还是其他原因，三叔也患上了精神病。家里本来就很穷，又遇上这一摊子难事，把我的爸爸愁得像个小老头似的。本应该每天在宽敞明亮的教室里教书，但想到家里的困难，也只能抽时间回到家里和奶奶干着一样累的重活。每天当看到他小时候的玩伴悠闲自在的样子，爸爸从内心里非常羡慕他们。

我的爸爸很聪明，农田里的活他一看都会。他很小的时候就能像大人们一样耕田耙地、移苗播种。等到有了我的时候，他已经成了我们家的种田能手。那时候，我爸爸种的庄稼长得特别好，收获的时候打的粮食也比别人家要多。每到收割庄稼的时候，爸爸都会从学校赶回家里，帮助家里收割庄稼。爸爸虽然累得腰也直不起来，但他看到自家收的大袋小袋的粮食，脸上笑得像朵花似的。

我的爸爸特别喜欢我，他稍有空闲，就会把我举得高高的，嘴里不停地说"女儿好，女儿好，女儿是爸爸的小棉袄"。在我的记忆中，我的爸爸从来没有嫌我是个丫头片子。

我的爸爸没有太多的见识，走得最远的地方是离我们八角庙村不太远的千年

63

古城襄阳。爸爸曾经跟我说："小玉儿，好好学习，等你考上了大学，爸爸和你一起从我们襄阳机场坐飞机去北京，和你一起去爬长城、一起去游故宫、一起去天安门广场看升国旗……"

然而，这一切都无法实现了，因为在前不久，我的爸爸因患癌症去世了。爸爸，有你在家就在，有你陪伴就是我最大的幸福。然而我却无法享有这份幸福了。

爸爸，我想你了……

石玉几乎是哭着读完了自己的作文，同学们受到朴实的语言感染，有的已经哭出了声来。

老师原本是想通过"爸爸，我想你了"这样的命题作文让同学们把自己想念爸爸的心里话说出来，以放松心情，哪知目的没达到，反倒让同学们的情绪波动更大了。

放学之后，石玉默默地随几名女同学走了一段路，然后说要办点事情，便独一人向汉江大堤处走去。

夜色渐渐降临，天上下起了毛毛细雨。赵福兰已将晚饭做好，但久等不见石玉回来。赵福兰想，石玉这孩子平时放学回家都是非常守时的，几乎没有在外边玩耍过，今天放学时间都过去两个多小时了，怎么……她想到这里，立刻感觉到要出什么事，于是她便去找平时与石玉在一起的一个女同学打听。当那个女同学告知放学时石玉独自一人所去的方向后，赵福兰顿时明白了什么，随即向村里墓地跑去。只见石玉跪在她爸爸的坟墓前小声哭泣着，嘴里不停地说着"爸爸，我好想你呀"，身上的衣服也已被雨水淋湿。

赵福兰赶忙将浑身发烫的石玉背了起来，一路小跑到村卫生室……

夜深了，石玉烧退了，人也慢慢地清醒。石玉睁开眼睛见自己躺在小婶的怀里，而小堂弟则独自睡在小婶的旁边，眼泪瞬时流了出来。

见石玉烧退了人也清醒了，赵福兰小声跟石玉说："玉儿，你把弟弟照看一下，我去给你做点热饭吃。"

不一会儿，赵福兰便将热气腾腾的鸡蛋臊子面端到了石玉的面前。也许是长久没有吃到鸡蛋臊子面了，也许是太饿了，石玉接过面条就大口大口吃了起来，额头上沁出了一层薄汗。

赵福兰见石玉将面条吃了个干干净净，心里也安定了许多。过了片刻，赵福兰见侄女石玉的情绪已稳定下来，小声地跟石玉说："玉儿，今晚你险些把小婶吓死了。傻孩子，以后可不要再干这傻事了。"

石玉听后先是连声向小婶认错，又接着跟小婶说道："今天，老师布置了一道'爸爸，我想你了'的作文题，好多同学写好后在班上朗读的时候，读着读着就哭起来了。想到同学们哭了之后还有与爸爸相见的时候，而我除了想念和哭泣，却再也不能与去世的爸爸见面，想着想着就不知不觉地来到了爸爸的坟前，那个时候我真希望爸爸能从坟墓里走出来，像他活着时那样把我高高地举起来，而这个愿望却永远实现不了了……"

石玉说着竟又呜呜地哭了起来。

赵福兰将侄女拉到自己的身边，让她靠在自己的胸前，说道："想念你的爸爸是对的，这说明我们玉儿是一个孝顺的孩子。以后想你爸爸的时候，心里难过就找小婶聊聊。想说什么就说什么，想哭就大声地哭，我会耐心地听你说、耐心地听你哭，可不要再独自一人到那个荒凉的地方去，那里太危险了。"

赵福兰将儿子睡觉盖的被子扯了一扯，然后又看了看侄女石玉，像想起了什么似的跟侄女石玉说道："前几天我忘了在哪个地方看到了这样一段话，我认为对你有帮助。那段话是这样说的：'人生旅途中所经历的苦难，都是自己的历练和宝贵的财富，我们不能一味地品味苦涩、品味痛苦，而是要振奋精神、面带微笑、迎着阳光、满怀希望，一路向远方。'小婶自嫁入你们石家，面对的苦难可太多了，我也曾想到哭，但哭能解决啥问题？与其每天悲戚地折磨自己，不如振奋起来强大自己。玉儿，你认为小婶说得有道理吗？"

侄女石玉一个劲地点头。

赵福兰见已经是深夜了，便提醒侄女赶快睡觉，然后再一次十分担心地叮嘱道:"今晚小婶对你说的话一定要记住,有话一定要跟小婶讲,需要小婶做的事一定要跟小婶说,再难小婶也会给你办好。"

石玉一边不停点头,一边连声说:"我记住了,我记住了。"

末了,侄女石玉用祈盼的眼神望着赵福兰说:"小婶,今晚我想跟你和弟弟一起睡。"

赵福兰听罢一把将侄女石玉紧紧搂住,然后轻轻捋了捋她的头发,她既没有说同意也没有说反对,只是微笑着问侄女石玉:"你不怕你弟弟的尿臊味熏着你?"

侄女石玉不停地摇着头,脸上露出了很长时间都没有再现的天真灿烂的笑容。

11

我俩现在苦一点,
是为她今后长时间的甜

石玉随患有精神病且双目失明的母亲一起被接到小婶赵福兰家生活以后，体力劳动及精神压力减轻了许多，她也可以集中时间和精力把落下的功课补上。

石玉虽然年龄很小，但特别懂事。小婶家里有哪些事要办她一看便知，不需要任何人提醒，更不需要任何人安排，她都能悄悄地帮助小婶把要办的事情办好。有时赵福兰劝她，回来了要多休息或者是抽时间看看书，她都是笑着答应"好好好""是是是"，随后还是悄悄地帮小婶做一些自己力所能及的事。她有一个非常朴素的想法，就是根据自己的能力尽量帮助小婶做点家务，以此来减轻小婶的劳动量，让小婶尽可能休息一会儿。

石玉就读的学校离小婶家有几十公里的距离，她是学校里的住读生，平时吃住都在学校，没法帮小婶做家务活。但只要放假回到小婶家里，石玉就成了家里的小忙人，不是帮小婶淘米洗菜，就是忙着哄小堂弟，想着法子逗小堂弟开心。

赵福兰特别喜欢也特别疼爱侄女石玉。每到星期天学校放假休息的时候，侄女石玉一回到家里，赵福兰一定要为侄女办三件事。

第一件事，就是准备一些好吃的，改善一下生活，让侄女石玉打打牙祭。石玉特别喜欢吃土豆丝炒瘦肉和鸡蛋韭菜馅水饺，为了让她回到家里就能吃到她喜欢的饭菜，一到放假的时间，赵福兰就会早早地做些准备工作。

村里肉摊老板好像也掌握了这一"规律"，每到这个时候一见到赵福兰便会主动打招呼道："赵福兰，今天你侄女要放假了，我把这块瘦肉给你留着呢。"

时间一长，赵福兰为侄女石玉做土豆丝炒瘦肉、包鸡蛋韭菜馅水饺也变成了石家改善伙食的"规律"。到了石玉放假休息的时候，赵福兰两个患有精神病的哥哥也会本能地抻长脖子盼着侄女石玉早点回来，而在假期结束侄女石玉十分难舍地要离家返校时，他们也会用期盼的语言叮嘱她："下次放假早点回来"。

赵福兰曾经风趣地跟几个村民说："这是我听到两个哥哥对家里人讲的最温情的一句话。"

几个平时与赵福兰相处得比较好的村民笑着调侃道："估计他们是掌握了你给他们做好吃的时间规律了。"

11 我俩现在苦一点，是为她今后长时间的甜

大人能意识到每隔一段时间做一点好吃的，是专为石玉准备的，但赵福兰幼小的儿子哪能意识到这些？姐姐石玉返校后，他仍不依不饶地要妈妈继续给他做土豆丝炒瘦肉。赵福兰则"耐心"地忽悠自己的儿子说："我们是男生，不吃好的也有劲，姐姐是女生，不吃好的就没劲，姐姐吃好了才有劲考大学。"

赵福兰的儿子听后依旧不情愿地说："妈妈，我也要像姐姐一样当女生，你得给我做土豆丝炒瘦肉。"

第二件事，就是早早地烧几锅开水，把家里的保温瓶灌得满满的。赵福兰了解到学校因学生较多，作为女生平时洗头洗澡用热水较为困难的情况后，就把侄女石玉放假回家必须洗头洗澡的事放在了心上。侄女从学校一回到家里，她就把热水准备好，先给侄女把头发洗得干干净净，然后又把大水盆的水温调好，让侄女洗澡。夜深人静大家都入睡的时候，赵福兰则把侄女换下来的衣服一件一件清洗干净，晾干后再叠得整整齐齐的，放在侄女的背包里。

第三件事，就是为侄女准备生活费用。石玉在学校住读，一般情况下是上满两个星期的课才放两天假。赵福兰根据侄女在校期间吃饭、购买文具、来回交通费用等方面的开支用度，提前把钱准备好，待侄女石玉返校时，把钱一把交给侄女，并再三叮嘱："现在学习任务繁重，加之又正是长身体的时候，一定要吃饱吃好，千万不要克扣自己的生活费。"

赵福兰虽然如此这般叮嘱，但侄女石玉却也有"不听话"的时候，特别是有两件事，让赵福兰有点意想不到。

第一件事就是石玉为母亲在药店购买熊胆消炎眼药水之事。

石玉的妈妈失明后，犯病时乱揉自己的眼睛，因此眼睛经常感染发炎。赵福兰发现嫂子眼睛感染发炎之后，便依照医生所交代的方法，在其清醒的情况下用淡盐水进行清洗，因护理比较细心，治疗效果也比较明显。

一次石玉放假回到小婶赵福兰家里，见妈妈眼睛感染发炎了，就把此事记在心里。假期结束返校后，石玉就到学校附近的一家药店，把自己母亲患眼疾的状况向店员进行了描述，店员便推荐她购买了相关的眼药水。

69

赵福兰在对待眼药水的问题上十分认真。她拿着眼药水到药店里询问价格之后，顿时吓了一跳，这种眼药水每瓶价格竟接近30元。赵福兰心里想，每次给侄女石玉的生活费虽然有点宽裕，但也不至于宽裕到这个程度，莫非她克扣了伙食费？

中午放学了，正是吃午饭的时间，赵福兰担心侄女石玉克扣自己的生活费，用节省的钱给她的妈妈买眼药水，于是便站在学校食堂外面一个比较偏僻的地方，看侄女石玉是不是与其他同学一样，按正常的标准就餐，哪知守了一个中午也没有见到侄女石玉在食堂吃饭的影子。向同学们打听后，她才知道侄女石玉最近一段时间一直是早餐时多买一个馒头和一份咸菜，中午放学后回到寝室就着咸菜啃冷馒头。听完同学的介绍，赵福兰心里不由得酸了起来：小小年龄就如此懂事，肯定是一个非常孝顺的孩子。

第二件事是侄女石玉每次放假从学校回到家里，总爱带着小弟弟到村子里小卖部购买他喜欢吃的零食。赵福兰的儿子虽然很小，但特别有"心计"，姐姐什么时候要从学校回来，什么时候要去学校，他都一清二楚。在他心里已形成了这样一个"规律"：平时姐姐不在家，自己是很难吃到好东西的，更别说点心零食，但只要姐姐一回到家里，他不仅能和姐姐一样吃到妈妈做的土豆丝炒瘦肉和韭菜鸡蛋馅水饺，还可以在姐姐的带领下到村子里的小卖部里买自己喜欢吃的零食。因此，每到姐姐放假回家的时候，他总会坐在门口期盼姐姐早点回来。

赵福兰发现石玉中午啃冷馒头，用省下的钱为她的妈妈购买眼药水和为弟弟购买零食的情况后，她既没有急着去批评侄女石玉这样做是如何的不应该，也没有肯定侄女石玉这样做是如何的应该，而是想方设法地寻找合适的机会，让侄女石玉既没有发现小婶曾经在学校"盯梢"过她，也能让侄女自己明白曾经瞒着她做的不应该做的"好事"。

一次石玉放假刚从学校回到家里，赵福兰的儿子就牵着姐姐的手，急不可待地要往村子里小卖部的方向跑。赵福兰发现后便将侄女叫到自己的房间，顺手将一袋自己儿子喜欢吃的饼干放进侄女的书包，然后小声对石玉说："这是你弟弟平时最喜欢吃的饼干，我发现你给他买的时候都是零售价，比批发价每袋要多几毛钱，我这次给你准备了一箱，放的地方也比较高，你弟弟发现不了。你以后放假回家了，弟弟再缠着要你给他买零食，你就悄悄地拿给他吃就行了，这样要节约不少的钱。"

石玉一边认真地听着，一边隐约感到小婶好像是发现了什么。

晚上，一家人吃完饭，赵福兰与侄女石玉一起为石玉妈妈清洗眼睛。赵福兰一边为石玉的妈妈用盐水清洗眼睛，一边往石玉妈妈眼角里滴眼药水，忙完之后便跟侄女石玉说："你给你妈妈买的这种眼药水效果很好，最近用你买的眼药水，你妈妈眼睛里的炎症消了很多。我前天去镇上药店里，将这种眼药水又买了两瓶，估计能用很长的一段时间，你以后就不用操心买了。"

石玉立刻意识到小婶肯定发现了自己的"秘密"。她思考了片刻，然后小声跟赵福兰说："小婶，我错了，我不该瞒着你，用生活费给妈妈买眼药水……"

没等侄女石玉把话说完，赵福兰接着说："给妈妈买眼药水没有错，这说明你懂孝道、有爱心，但以后不能再干这种不吃饭饿肚子的傻事。你现在正是长身体、完成学业的时候，等到你考上了大学，毕业有了工作、有了收入，家里你想干、你能干的事还很多。"

赵福兰见侄女石玉听得认真，便装作发脾气似的说："你的生活费是我估算好了的，是不允许用在其他方面的。以后我若发现你乱花饭钱，就不给你生活费了，让你好好饿个够。"随后便拍着石玉的胳膊，笑着说道："别吓着我们的石玉同学了，时间不早了，走，我们休息去。"

在赵福兰的精心照顾和尽力保障下，侄女石玉顺利读完了高中，也考上了自己心仪的大学。全家人看着大学录取通知书，着实高兴了好久。但高兴归高兴，当想到开学要交一笔数额不小的学费时，全家难免又犯起愁来。

那一年，石玉已经是一个十七八岁的大姑娘了，从她接到大学录取通知书起，虽然脸上与大家一样高兴，但心里早已犯起了嘀咕。她想，考大学对她来说是一件难事，但她目前的处境，要想读完大学是一件更难的事。她深知自己和妈妈被接到小婶家以后，母女俩在衣食住行、就医吃药等方面，已把小婶他们拖累得够厉害了。目前在一起生活的 8 个人中，除了小婶和四叔石红波起早贪黑地能干活挣点钱外，其他人（也包括她自己）只是能吃能喝，都不能为家里干一星半点能挣钱的活。目前家里已近于穷得揭不开锅，哪还有多余的钱来支付自己数额巨大的学费呢？思考再三，石玉便找到四叔石红波，十分小心地向四叔石红波说出了自己决定放弃读大学，准备到南方打工挣钱贴补家用的想法。石红波虽然苦口婆心地对侄女石玉进行了规劝，但侄女石玉已下定了决心，劝说基本上没有任何效果。

夜里休息的时候，石红波将侄女的决定小声地向妻子赵福兰讲了一遍。赵福兰从丈夫的语气中感觉到他有允许侄女石玉去打工的意思。

赵福兰随即向丈夫提出了自己的反对意见。赵福兰说："石玉读高中的时候，考虑到家庭的困难，曾提出不读书外出打工，是我坚持让她读完高中，然后再考大学。如果现在同意她放弃读大学外出打工，我的坚持还有啥意义？这些年为了让她能上学读书，我们都苦过来了，眼看再有三四年，她的苦日子就要熬到头了，我们再不坚持一下，而是同意她放弃学业外出打工，那岂不是在害她？"

赵福兰停了下来，见丈夫石红波没说什么，她又接着说道："石玉读大学与读高中一样，我们都要负担她的学费和生活费，只不过是数额稍微大了一点，多就多一点，我们再坚持一下、再过苦一点，大不了每个月再多为她准备四五百块钱的生活费，我俩现在苦一点，是为她今后长时间的甜，不然我们陪她受苦受累的日子会更长。"

末了，她安慰丈夫石红波说："石玉读书的事你就不要再担心了，改天我慢慢跟她谈。"

第二天早上，石红波、石玉吃完饭之后，赵福兰给他们叔侄二人派活。石红波一个人被派到村外自家责任田里去干活，侄女石玉则被小婶安排在自家猪圈里打扫清洗猪舍。平时若让石玉帮忙打扫一下庭院，她还能将就着干一下，但要是在又脏又臭的猪圈里，让石玉干清扫生猪粪便这些一般人都难以承受的累活脏活，对她来说确实是一个很大的考验。石玉二话没说就拿起铁锹粪筐，钻进猪圈，埋头干起活来。开始的时候她感觉还比较轻松，随着时间的延长和气温的升高，石玉慢慢地坚持不住了，豆粒大的汗珠顺着额头脸颊一滴接一滴滚落，衣服也被汗水浸透，还没到中午,活虽然没干多少,但她的双手已布满了血泡。这时,又累又渴又热,满手血泡疼痛难忍的石玉实在坚持不住了,只好从猪圈出来,坐在树荫下大口喘着气。赵福兰像没看见似的,只顾忙着做自己手头上的事。

第二天早晨,赵福兰依旧给丈夫和侄女派活。石红波还是像往日一样到自家责任田里干活,而石玉则和她一起挑着箩筐到邻近乡镇的蔬菜基地捡拾菜农丢弃的蔬菜叶子,发酵后用作母猪的饲料。不大一会儿工夫,箩筐就装满了。赵福兰将侄女箩筐里的蔬菜叶子往自己的箩筐里匀了一部分,然后就各自挑着箩筐回家。

早上来的时候,两副空箩筐是由赵福兰挑着的,石玉只是空着手跟在小婶赵福兰的身后,似乎没有什么累的感觉。但返回的时候,她和小婶都要负重前行,这对于石玉而言,又是一个不小的考验。平时书包挎在肩上走路多了都感到压得疼痛难受,如今要挑着两箩筐的蔬菜叶子往数公里外的家里走,石玉能否承受,可想而知。

赵福兰挑着两箩筐蔬菜叶子头也不回地只顾往前走,而石玉则双手抱着压在肩上的扁担踉踉跄跄地在小婶后面。没走多远,石玉实在走不动了,肩膀也被扁担压得疼得受不住了,便撂下挑子坐在地上呜呜呜地哭了起来。

赵福兰将晚饭做好后,轻轻地叫醒还在休息的侄女。可是因为连续两天的"超强度"劳动,石玉浑身疼痛得连翻身下床的力气也没有。这个时候她突然意识到:自随小婶一起生活以来,自己基本上处在衣来伸手饭来张口的优越环境中,小婶将自己视为己出,甚至比待她亲生儿子还要好,无论家里的活再多,她从来没有让自己做过。而这两天小婶尽是在给自己派一些吃不消、受不了的重活,会不会是小婶怕自己读大学花钱要催自己走啊?若真是这回事,与其让小婶提出来,还不如自己先提出来。

基于这种猜想,晚饭后,石玉见小婶赵福兰坐在一旁打盹,便悄悄坐在小婶旁边,轻轻地把小婶叫醒,然后跟赵福兰说道:"小婶,我有个事想跟您说一下。"

赵福兰睁开眼睛静静地听着。

"我们家里老老少少大多是花钱的,只有你和四叔能挣点钱勉强过日子。我要是去上大学又得花去不少的钱，家里现在困难成这个样子，我不想去读大学了，我打算到南方去打工，挣点钱好贴补家用。"石玉小声向赵福兰说着自己的想法，眼睛里不停流着泪水。

赵福兰听完侄女石玉所说的话，没有提出任何的反对意见，只是递给她一张纸巾，示意侄女石玉将泪水擦一擦。

赵福兰用一只手轻轻拍着侄女石玉的肩膀说："你的想法和我的想法一样，我也打算过两天去深圳打工。这些年我已经累得喘不过气来了，我想去南方歇一歇。"

侄女石玉一听小婶要去南方打工，顿时不知所措。她想到小婶走后，自己那双目失明的母亲、年老多病的奶奶、两个患精神病的叔叔，还有幼小的弟弟将无人照管，顿时后怕起来，随即她担心地问小婶道："你去南方打工后，我妈妈，我奶奶，我两个叔叔，还有我的小弟弟咋办呀？"

赵福兰略显生气地提高嗓门说道："我要去南方打工你就能考虑到他们咋办？而你放弃读大学这么好的机会，要去南方打工，考虑到我该咋办了吗？把你们母女俩接到这里一起生活的时候，我曾向乡亲们说过，一定要尽我的能力，既要把你妈妈照顾好，也要把你培养好，我就是再苦再累、砸锅卖铁也必须把你供到大学毕业。现在全村的人都知道你考上大学了，而你却又不去读大学了，反而要到南方去打工，全村人知道了会怎样看待我？我还能待在石家吗？我还有何脸面进出我们这个村子？"说罢赵福兰竟大声哭了起来。

赵福兰这饱含深情的一席话和充满凄楚愁绪的哭声，如同针一般扎在石玉心上，她顿时明白了小婶这两天的良苦用心，她恨自己错怪了小婶、恨自己的年幼无知。她想到这些年小婶给她的恩和爱，她想着小婶所经历的艰辛，她想着小婶这些年为她们母女俩所承受的苦难，她猛地扑到赵福兰的怀里，哭着说道："小婶，我不是不想读大学，我是非常非常想读大学呀，我只是怕拖累你呀。"

秋季开学的日子到了，石玉带着小婶赵福兰为她准备的学费和生活费的银行卡，来到了她向往已久的大学校园，开始了她全新的大学生活。面对全新的生活、全新的自己，她满怀深情地在自己全新的笔记本里写下了一首题为《幸福》的诗：

11 我俩现在苦一点，是为她今后长时间的甜

幸福是一种理念，

它没有具体的明码标价，

也没有具体的重量刻度。

无论是事，无论是物，

在你的意念中，

你认为是幸福，

它就是幸福。

幸福是一种感受，

无论你穷居深山，

还是你富居闹市，

你感觉到舒服自在，

那就是幸福。

幸福是一种希望，

面对所有的困难，

所有的不顺心不如意，

你都认为是暂时的，

你始终坚信未来会好，

明天会更好，

有了这种希望，

你就是幸福的。

幸福是冬天里的一把火，

温暖了人们的心窝。

假如你是那把的火，

你会感觉你是幸福的。

幸福是大漠里的一眼泉水,
滋润了干渴的人们的心田。
假如你是那眼泉,
你会感觉你是幸福的。

幸福是黑夜里的一束光,
照亮夜行人前进的方向。
假如你是那束光,
你会感觉你是幸福的。

小时候,
我把幸福看成是一件东西,
得到它,
我就感觉蛮幸福。

长大后,
我把幸福看成是一个梦想,
实现它,
我就感觉很幸福。

成熟了,
我把幸福看成是一种心态,
感悟它,
我就觉得特幸福。

11 我俩现在苦一点,是为她今后长时间的甜

我虽然有太多的酸楚,

我虽然有太多的痛苦,

我虽然与同龄人有太多的不同,

他们想有的都有,

而我想有的则大多是无。

物质富有可以满足欲望,

但它不一定能代替幸福。

在许多人看来,

我没有欢乐,

更没有幸福。

但我深知,

我有小婶赵福兰的护佑,

我并非一般的幸福,

而是特别特别地幸福!

愿幸福,

伴随着我们的方方面面。

愿幸福,

伴随着我们的时时刻刻。

愿幸福,

伴随着我们的左左右右。

12
给小猪崽子当贴身保姆

12 给小猪崽子当贴身保姆

婆婆年老多病需要钱；二哥、三哥患精神病送医治疗需要钱；大嫂子患精神病，双目失明，长期卧床不起，吃饭吃药需要钱；侄女石玉上学读书需要钱；自己的儿子每天嗷嗷待哺需要钱；家里每天的柴米油盐酱醋茶需要钱……一家8口人要生活，仅靠家里十几亩责任田的收入，远远不能满足赵福兰家的现实需求。开始时，家里一旦遇到需要支出的事项时，赵福兰还能用在南方打工时攒的一点钱将就对付着，但时间长了，赵福兰担心会有坐吃山空的时候。

家里的困难好比一座又一座无法绕过的山，面对重重压力，赵福兰是这样想的：与其这样苦熬着还不如苦干着，反正是个苦。若苦熬，到最后只能是苦上加苦；而苦干虽同样是苦，但多少还有点盼头，说不定还能苦干出一片新天地。最后，赵福兰决定用苦干去改变自己的命运，用苦干去开辟一片新的天地。

农村有句俗话，叫作"穷不丢猪，富不丢书"。在如何苦干上，赵福兰决定通过养猪增加家里的收入，改变家里贫穷的面貌。于是赵福兰便把自己的想法说给丈夫石红波听。石红波从深圳回到家里后，一直也想要找一个增加家里收入的项目，但始终没有找到一个既适合自己家里的条件，又符合自己特长的项目，经妻子这么一说，他顿时来了精神。

石红波听妻子赵福兰把话讲完后便说："最近一段时间，我也一直在想怎样去找点能赚钱的事做一做，也好为家里增加一点收入。我在想如果我要是再出门去外地打工，又担心你一个人在家里对付不了这一大摊子事；若是推个车子去贩卖农村土特产品，早出晚归地做个小生意，我又没有经验。确切地讲我也不是做这些事的料，搞不好不但赚不到，反而还有可能要亏本。"

石红波看了看妻子赵福兰，用赞许的语气接着说道："你这个想法很好，养猪投入少见效快，我从小跟家里人学过，有一定基础，我们把家里的这个猪圈维修一下，就可以投入使用，也不需要过大的投资。这个项目好，这个项目好。"

赵福兰夫妻俩有一个共同的特点，就是自己认准了的事说干就干，从不优柔寡断。这次他们一干就"玩"的是高难度动作。2009年春，赵福兰筹集了一笔资金，一次性从外地养殖场购买了4头能繁母猪。

由于他们缺乏能繁母猪的饲养经验和技术，起初的效果并不好，但赵福兰夫妇选择了坚持，选择了科学养殖。

赵福兰的丈夫石红波非常好学，经常钻研自己在饲养方面遇到的问题。他一方面在新华书店购买大量有关母猪饲养的书籍，如饥似渴地学、废寝忘食地在书本里找方法找答案；另一方面也虚心向有母猪饲养经验的专业技术人员请教。功夫不负有心人，由于赵福兰夫妇的坚持和执着，他们很快就比较全面地掌握了能繁母猪在发情期、怀孕期、产崽期、哺乳期、断奶期等相关阶段的饲养技能及方法，饲养母猪过程中遇到的一个又一个问题也得到了相应的解决。

赵福兰对家里饲养的4头能繁母猪特别看重，每天都像对待自己的孩子一样，什么时候什么阶段喂什么饲料、每次喂多少、什么时候给水喝等，她都掌握得十分精准，生怕有一点闪失。特别是母猪产崽的时候，她那颗悬着的心几乎要提到嗓子眼上，她担心母猪把小猪崽压死了或者小猪崽被冻死了。她越是操心这方面的事越是放心不下，于是便整日整夜守在猪圈里精心呵护猪妈妈和猪宝宝。冬天她怕体弱的小猪崽被冻伤或者被冻死，就把小猪崽抱在自己的怀里为其取暖。人们劝她这样会把自己身上弄脏，她自己也有可能会冻出病来，她则指着小猪崽子说："这一个个的小生命就是我们家的小希望，也是我们家的小'摇钱树'，它们健健康康地成活了、长大了、长肥了、长壮了，一个月后就会给我们家带来几百元的收入。小猪宝宝刚出生的这几天非常关键，我辛苦一点守护着它们，尽管身上会弄脏一点，但非常值得。"

有一次她家里的一头母猪一下子产了16头小猪崽，她高兴地将小猪崽抱在怀里拍成视频说："我们家里英雄的猪妈妈一次产了16个猪宝宝，大家请看，我正在给小猪崽子当贴身保姆。"

赵福兰的辛劳没有白费。当年年底，他们夫妇二人不仅还清了买能繁母猪的欠款，还在收回投入的情况下，实现了近两万元的盈利。

初步尝试就获得了一笔可观的收益，进一步增强了赵福兰通过发展家庭养殖业改变家里贫困面貌的信心和决心，一个扩大能繁母猪养殖规模的计划产生了。

当她把自己的想法向丈夫石红波提出，二人正准备大干一场时，一连串的困难和问题却让他们犯了愁。

首先是饲养场建设用地问题。扩大能繁母猪的饲养数量和规模，不是自己随意想想就能实现的，其中一个比较突出的制约因素就是场地问题。赵福兰家里虽然有10多亩承包责任田，但都离家比较远，不考虑发展畜牧业等农业设施用地需要严格审批的情况下，仅就平常管理而言，就有一系列的困难和问题难以解决。若就地扩建猪圈，现有场地已被原有的猪圈用完，即使能满足建设用地要求，从人畜保持安全距离的要求而言，也不符合相关的规定。若就近新建，虽然离自己家较近，既符合一定的安全距离，也方便平常的喂养及管理，但这些土地都在其他农户的名下，而且都是上等的耕地，要想在别人的承包责任田里建猪舍，以实现自己扩大养殖规模的想法，可以肯定地讲，也不是一件简单的事。

左思右想，赵福兰想到了村党支部，想到了村委会。她把自己扩大能繁母猪养殖规模的打算和想法向八角庙村党支部和村委会进行了汇报，并请求村党支部和村委会帮助她解决在扩大能繁母猪养殖规模过程中遇到的新建猪舍用地难的问题。

赵福兰一家在八角庙村是出了名的特困户，八角庙村党支部、村委会早已把他们家纳入了重点帮助扶持的对象，但苦于没有适合的项目，以致平时的帮扶成效并不是十分显著。

赵福兰家里开始养殖能繁母猪后，村党支部、村委会对赵福兰所选定的项目给予了充分的肯定，并表示要做好保驾护航工作，尽全力帮助赵福兰家里解决好在发展家庭养殖业过程中遇到的实际问题，确保其家庭养殖业能够顺利进行。

村党支部书记杨成锋得知赵福兰家里在扩大能繁母猪养殖规模过程中遇到的用地难问题之后，立即放下手中的其他工作，亲自来到赵福兰所在的八角庙村五组，一方面帮赵福兰选定新建养殖场的地址，一方面耐心细致地做好相关农户的土地调换调整工作。

在村党支部和村委会的大力支持下，在热心村民的关心和帮助下，赵福兰家里新建养殖场遇到的用地问题很快得到了解决。

为了使赵福兰家里新建的养殖场所占用的土地符合农业设施用地要求，村支书杨成锋不辞辛苦地奔波于市镇之间，为其办理相关的用地审批手续。

赵福兰新建养殖场需要土地的问题，在村党支部、村委会的大力支持和协调帮助下，得到了较好和较快的解决，但随之而来的还有建设资金不足的问题。村党支部、村委会了解到这一实际困难后，便主动向市、镇进行专题汇报，积极为赵福兰家里争取专项扶持资金。在市、镇、村的共同努力和支持下，赵福兰家里新建养殖场遇到的资金紧缺问题也得到了及时解决，3万余元的专项扶持资金很快送到了赵福兰的家中。

养殖场顺利建成了，养殖规模也迅速扩大了，能繁母猪的饲养量也由开始时的4头发展到几十头，年产小猪崽达到了400多头，而且小猪崽的销售也特别的好。只要赵福兰家的小猪崽一满月，无论圈舍的小猪崽数量有多少，都能在很短的时间内销售一空。

养殖规模扩大了，小猪崽产量上来了，小猪崽的销售市场也打开了，可谓是产销两旺。但"行路难"的问题又浮出了水面。赵福兰家新建的养殖场，是在农田里建起来的，原先只有一条很窄的田间作业道，晴天的时候能勉强供人下田干活行走，若遇雨天则是一片烂泥。人们空着手都难以行走，更别说赵福兰家里运送饲料的车辆及外地前来购买小猪崽的客户的车辆通行了。

这个问题不能得到及时的解决，有可能影响到养殖场的顺利发展。村党支部书记杨成锋将此事看在眼里、记在心上，时刻谋划着如何解决这一问题。

一次，杨成锋借在镇上参加会议的机会，将赵福兰家里养殖场遇到的"行路难"问题，向镇党委主要领导做了专题汇报，镇主要领导对此事特别重视，当即安排镇里负责镇村道路建设的同志，尽快制订修建方案、尽快筹集资金、尽快组织施工。特事特办，一条养殖场与市镇公路相连接的水泥道路很快就建成通车了。

在短时间内，在宜城市政府、郑集镇政府、郑集镇八角庙村委会的大力支持、大力扶持和大力帮助下，赵福兰新建养殖场遇到的各种问题都得到了解决。

赵福兰深知自家的养殖场能有如此优越的条件和宽松的环境，全靠各级政府的支持和帮扶，她暗自下定决心，一定要把自家的养殖场经营好，让它成为石家的"聚宝盆"，力争早日甩掉压在石家头上的那顶极贫极穷的帽子。

随着能繁母猪饲养数量的增加，饲料的需求量也在大幅增加，再沿用过去所有饲料靠向外采购的方式，必然会加大饲养成本，压缩养殖场的利润空间。为了大幅降低饲养成本，赵福兰和丈夫石红波着手尝试对能繁母猪实行精粗青三类饲料混合喂养，并尽可能做到对所需的饲料实现自我供给、自我满足。

八角庙村的农户极少有饲养能繁母猪的，因此对能繁母猪如何管理、如何喂饲料、精粗青饲料如何搭配等方面的知识了解较少。村子里一位姓李的大姐听说赵福兰要给饲养的能繁母猪投喂一定数量的饲料时，特别担心地提醒赵福兰夫妇，一定要小心小心再小心，否则母猪吃坏了肚子生起病来，造成的可不是一般的损失。

对李大姐的提醒，赵福兰听后非常感动，为了不让李大姐担心，赶忙向李大姐解释道："谢谢大姐的关心。从我们翻阅学习的有关资料及我们实践摸索的情况看，母猪是可以喂青饲料的，而且给母猪喂青饲料还有很多的好处。第一可以降低我们家的饲养成本。我们平时给母猪喂一定数量的青饲料，可以代替一部分预混饲料，这样就能减少我们购买饲料的支出，这方面的钱花少了，我们的饲养成本也降低了。第二可以帮助我们的能繁母猪排出体内的毒素。青饲料中含有一定量的粗纤维，给能繁母猪投喂一定数量的青草、蔬菜叶子等，可以有效清除母猪体内的垃圾，增强母猪的胃肠道蠕动功能，有效减少和预防便秘和拉稀现象，提高母猪的免疫力。第三可以控制母猪的体重，避免母猪营养过剩，为能繁母猪多产崽、产好崽打好基础。"

赵福兰讲完三大好处之后停了一下，又接着对李大姐说道："如果把我们的能繁母猪养得太肥，其危害性那可不是一般的大，不仅可能导致胚胎成活率低，还有可能导致母猪难产、产后绝食、缺少乳汁，甚至压死小猪崽等。因此，我们适当地给母猪投喂一定数量的青饲料，就像我们平时吃蔬菜一样，相对于母猪来说，等同于吃到了一顿丰盛的美味佳肴。"

李大姐听完赵福兰的介绍，虽然不是全部听懂了，但悬着的心也终于落了下来。

　　像李大姐这样对赵福兰家里百般关心的，在八角庙村民中并非少数。这些年来，石家不断出现这样那样的困难，个个都是普通家庭无法承受的。换言之，这些极为特殊的困难即使发生在经济条件好的家庭，他们也不一定承受得了。十分中肯地讲，对于石家的困难，乡亲们是看怕了的。自赵福兰嫁入石家，通过勤劳苦干，家境虽有所改变，但如同大病初愈的人仍然是弱不禁风，他们担心要是在家庭养殖业方面再有点风吹草动，或者是大小有个闪失，这石家非塌天不可。好在天道酬勤，加上赵福兰的坚持和坚守，赵福兰家里靠养殖能繁母猪，不仅摆脱了困境，而且还助推着奔向小康的步伐！

　　为了确保家里饲养的能繁母猪冬春两季有足够的青饲料来源，达到从根本上降低饲养成本的目的，赵福兰又打起了村里部分村民的"冬炕地"的主意。

　　八角庙村有这样一个种植习惯，对一些地力瘠薄的土地或者低洼冷浸的边角田块，每年只种一季早熟玉米或者是稻谷，这些作物成熟收获后，乡亲们则将这些土地作为"冬炕地"留着第二年再耕种。

　　赵福兰想，这些土地要是放在云南老家应该是再上等不过的地了，就这样一年只种一季庄稼便让其闲着，确实让人有点心疼。要是能把这些闲置的"冬炕地"利用起来，抢种一季秋萝卜，既可解决母猪的秋冬季的青饲料来源问题，对于品相较好的萝卜还可以拿到市场上去售卖，说不定还能卖个好价钱，或者是把那些品相好的萝卜送给乡亲们食用，也能帮助他们解决吃菜难的问题。如果能把村民预留的比较零散的"秧脚田"利用起来，种植一季蚕豆，开春后把蚕豆秧子收割进行发酵，则可以解决春季母猪的青饲料来源问题。

　　晚饭后，赵福兰十分难得地歇了下来，见丈夫石红波正在与儿子一起玩耍，便招呼丈夫石红波坐下，然后用商量的语气向丈夫石红波谈了自己打算利用村民闲置的"冬炕地"，抢种一季青饲料的想法。

　　丈夫石红波不但听得认真，表示完全赞成，而且还就如何运作的问题做出了十分周全的考虑。

石红波跟妻子赵福兰说:"这些年来,在我们十分困难的时候,左邻右舍给了我们许许多多的帮助,现在我们日子好过一点了,也不能白种乡亲们的田地。"

石红波思考了片刻,接着便向妻子赵福兰提出了两种具体解决方法,在之后与乡亲们协商时让乡亲们从中选择一种。石红波的两个解决办法核心就是有偿使用,不能白白用乡亲们的土地。

第一个解决方法,就是实行短期租赁,耕种一季付一季的钱,支付土地租赁费的标准与长期租赁大田的收费标准相同,做到一手种田一手交钱。若在合同规定的期限内,不能把短期租赁使用的土地交还给农户,则应支付给对方一定数额的违约金。第二个解决方法则是在农户将庄稼收获后,石红波"接管"这部分"冬炕地",同时用自家的机械对这部分土地进行旋耕深翻后,由石红波抢种一季秋萝卜或者是大白菜及蚕豆等,待这些作物收获后,再由石红波在施足自家养殖场的有机农家肥的前提下,对这些耕地进行深翻,并依照合同的约定按时将这些"冬炕地"交还给农户,确保农户接管这些耕地后可以直接安苗落种。

经赵福兰和丈夫石红波与乡亲们协商,乡亲们则以面积小、使用时间短、涉及的金额不大等原因,放弃了现款结算的方法,而是选择了石红波提出的第二种方法,石红波在其闲置的"冬炕地上"种植一季萝卜、大白菜或者是蚕豆秧子,待这些作物收获后,由石红波为这些土地施足有机农家肥,再用自家的农用机械将耕地耕整好。乡亲们之所以要选择第二个方法,实际上还是考虑到赵福兰家里的现实困难,变着法子想帮赵福兰一下。乡亲们这种变相的帮扶办法不帮则已,一帮就是十多个年头。

能繁母猪所需青饲料用地问题解决了,青饲料有了相对稳定的来源,赵福兰也用不着再挑着大箩筐到十几里外的蔬菜基地里去捡拾菜叶了。

13

让孝老爱亲成为家风

13 让孝老爱亲成为家风

赵福兰从云南文山远嫁到湖北宜城已有 16 个年头了。这些年来，靠着她和丈夫石红波的坚毅、坚持和坚守，石家克服了一个又一个人们想象中无法克服的困难，甩掉了贫穷的帽子，全家人也过上了幸福安康的日子。

手里有钱了，日子过好了，赵福兰并没有"飘"起来。她知道现在的好日子只是相对于过去的穷日子而言，要过上像乡亲们过的真正意义上的好日子，还有很长的路要走，还有很多的坡要爬。她告诫自己，无论以后的日子过得怎样红火，有两件事不能忘。第一件事就是做好"孝老爱亲"美德的传承，要让"孝老爱亲"成为家风。第二件事就是继续树立过苦日子的思想，保持"勤奋、勤俭、勤劳"的本色。

这些年来，赵福兰在"勤奋、勤俭、勤劳"方面，不仅做到了，而且做得还特别出色。她家扩建的能繁母猪养殖场、新购买的成套农业机械设备（如收割机、旋耕机、播种机、农用小汽车等）、新建的约 400 平方米的楼房等，这些都可以证明她曾经的付出，同时也能印证她的付出所获取的回报。她曾不止一次要求自己要继续"勤奋、勤俭、勤劳"下去，把自己的小家经营成真正的幸福小康之家。

"老吾老以及人之老，幼吾幼以及人之幼。"赵福兰对这句古话的理解虽然不是十分透彻，但她知晓尊老爱幼的道理，而且在行动上也自觉地规范自己。

赵福兰刚嫁入石家的时候，新婚蜜月没有过，却当上了照顾丈夫家里老弱病残的"专职保姆"。那一年，赵福兰的婆婆 67 岁，虽然从年龄上讲算不上太老，但却患了一身的疾病，精神有些失常，白内障导致一只眼失明，另一只眼也只有极其微弱的视力。其他能叫得上名字的病，她几乎都能沾得上边，平时连说话的力气也没有，可以说是命悬一线。赵福兰没有嫌弃她老、没有嫌弃她脏、没有嫌弃她病，更没有把她当成累赘，而是百般努力为她请医治病、为她调理身体、为她改善生活。在如此细心、精心、耐心的照料之下，如今已经 80 多岁的老婆婆，不仅奇迹般活了下来，而且身体相当健康，说话不但底气十足，声音还像铜铃一般响亮。那只原本在光线充足的情况下勉强能看到点影子的眼睛，现在也在一定程度上得到了恢复。尽管她已经是 80 多岁高龄的老人了，但每天吃得香睡得香，有时还帮儿媳妇赵福兰在家里干一些力所能及的活。

赵福兰自从将石红波的大嫂子接到她家里，她为大嫂子端吃端喝、端屎端尿，13年如一日，任劳任怨、无怨无悔。这漫长的13年时间内，要消耗她多少精力、花费她多少钱财，就连赵福兰自己也无法计算清楚。

八角庙村的乡亲们一提到这件事，除了赞赏赵福兰这种持之以恒的毅力，更佩服赵福兰这种大爱无疆的精神。赵福兰孝老爱亲的举动，把"久病床前无孝子"的老话彻彻底底地给推翻了。一个年纪轻轻的小姑娘能管下石家这么大一摊子的难事，把患病的婆婆、嫂子，还有两个患精神病的哥哥都照顾得这么好，是十分难能可贵的。谁家有像赵福兰这样的好媳妇，是积了八辈子的德，烧了八辈子的高香。

乡亲们私下就赵福兰照顾患精神病且双目失明、卧床不起的嫂子简单算了一下经济账。13年的时间里，她的大嫂子每天都要吃药，每天也要吃饭，13年药钱得开支多少？饭钱得开支多少？还有其他开支得开支多少？他们还没来得及算就连连摇头说这简直是无法算。后来他们只选择了一项，即在不考虑请医买药、管吃管喝的情况下，仅按当地在医院住院请护工的付费标准平均每天按150元算，一年就是54750元，那13年又会是一个怎样的数字呢？

当人们提到赵福兰13年如一日照顾服侍大嫂子，要花费多少钱财时，赵福兰却十分从容淡定又充满深情地笑着说："钱在人世间是很珍贵的，对于我们这个特别贫困的家更加珍贵。但我觉得还有一样东西也跟钱一样珍贵，那就是情。我和大嫂子妯娌一场，是我们的缘分。假如我看到她躺在床上遭受病痛折磨，自己却不管不问袖手旁观，说句实话我的心比她躺在病床上还难受。"

在孝老爱亲方面，赵福兰不但亲力亲为，而且还特别注意言传身教。她儿子刚满4岁的时候，赵福兰就学着一则公益广告的做法，让儿子给奶奶洗脚。哪知儿子这一洗就洗上了"瘾"，到了晚上的时候，儿子总会嚷嚷着让赵福兰帮忙把热水准备好，然后自己像个小大人似的坐在奶奶面前，十分认真地为奶奶洗脚搓脚。10多年过去了，赵福兰的儿子现在已长成了帅小伙，但他放假从学校回到家里，总忘不了给奶奶洗脚。

大嫂子病情稳定的时候，赵福兰就把儿子带在身边，让儿子看自己是怎样为他的大妈喂水喂药、洗脸洗手，儿子对母亲的一举一动都看在眼里、记在心上。时间长了，一旦他的大妈有喝水吃药等方面的需求，赵福兰的儿子就会很快出现在大妈的面前，特别细心地把大妈需要办的事情一件一件办好。

人们见赵福兰的儿子如此这般耐心细致地为奶奶、大妈洗脚洗手、喂水喂药，便问他："你这么帅气的小哥哥，给她们又是洗脸又是洗脚，你不嫌弃她们脏吗？"

赵福兰的儿子说："要说脏她们肯定是有点脏，开始时我确实是有点不适应，也有一点不情愿。我妈妈见我做事缺乏真情，就跟我说一个人讲孝道不能只是在嘴上夸夸其谈，重要的是要一点一滴从自己能办而且也能办好的小事做起。头几次你做这些事有点不习惯，时间长了你的心静下来了，你就会用心、用情去做，这才是真正地讲孝道。我按照妈妈说的去做，时间一长真的是习惯了。"

赵福兰的侄女石玉四年的大学生活很快就结束了，她在小婶赵福兰的全力保障和大力支持下，顺利完成了学业。自石玉父亲因食道癌病故，母亲患精神病双目失明长期卧床，生活不能自理，她就随母亲一起在小婶家里生活，直到后来她结婚成家。在这前前后后 10 多年的时间里，石玉既是小婶赵福兰孝老爱亲行为的受益者，也是受小婶赵福兰孝老爱亲行为影响最深的"见习者"。

石玉大学毕业后，在深圳一家企业找到了一份心仪的工作。她每个月的工资收入虽然比其他城市的工资要高许多，但她从不大手大脚花钱，而是把自己每月所需要的基本生活费留下后，将剩下的工资全部交给她的小婶赵福兰。她一再跟赵福兰说："我现在开始挣钱了，也有一定的能力可以帮家里分担一些困难了，在照顾奶奶、叔叔方面有需要我做的事，请小婶尽管吩咐。"

石玉非常理解小婶持家的不易，也非常了解小婶日常生活的艰辛，每次给小婶汇钱时，总是要再三劝小婶不要"太抠"了，并请求小婶一定要把自己汇给她的钱用在改善生活上，尽可能把身体养好。

又过了几年，赵福兰的侄女石玉也组建了自己的家庭，有了自己的孩子，有了自己的房子，有了自己的车子，小日子过得相当的滋润甜蜜。石玉深知自己能有今天的幸福生活，全靠小婶的无私奉献。因此，她经常告诫自己要饮水思源、知恩图报。她曾经跟自己的爱人说："我在最需要父爱母爱的时候，父亲却因病去世了，妈妈虽然活在世上，却患上了精神病，双眼也失明了，根本没有能力管我，实际上也无法管我，我成了一个有母亲但却享受不了母爱的'孤儿'。在我们母女俩生活没有着落的时候，是我的小婶救了我，没有小婶的救助，就没有我的今天。小婶给我的好、给我的爱，我这一辈子也报答不了。"

石玉不仅在言语上念叨小婶赵福兰的好，也在行动上报答小婶赵福兰的恩，只要是小婶家里有需要她办的事，她都会认真地、及时地、尽自己全力把事情办好。小婶家在遇到困难的时候，石玉知道了也会主动帮助解决。

赵福兰家新建楼房，差一部分钱购买建筑材料，石玉知道后，赶忙向小婶的银行卡里打了1万多元。在小婶家建造楼房期间，石玉无论工作怎样繁忙，每隔几天就要打电话或者通过微信问一下楼房建造的进展，问小婶家里还有什么困难需要她帮助解决等，还特别关心地劝小婶要注意休息，千万不要过于劳累。

春节过后八角庙村，绝大多数的青壮年都背着行李到东南沿海城市打工挣钱。责任田里的庄稼则由家里的老人作务。老人们平时锄个草施点肥还能勉强对付一下，但到了收获的时候，就只能看着成熟的庄稼干着急。赵福兰这时候便想到了购买一台大型的多功能收割机，以解决这些留守老人遇到的实际问题。决心是下定了，但资金困难的问题又冒了出来。石玉得知小婶家购买大型多功能收割机遇到资金问题后，就赶忙向小婶的银行卡里打了4万多元。

侄女石玉关键时刻出手相助，赵福兰逢人就说自己的侄女心地善良、知恩图报，是个孝老爱亲的好孩子。

转眼之间，十多年过去了，赵福兰的儿子已进入初中，难解的问题、难做的作业，一个又一个"扑面而来"。赵福兰和丈夫石红波虽然都读了几年初中，但他们一离开学校就去深圳忙着打工挣钱了，用他们调侃自己的话说，虽然在学校学了点东西，但刚走出校门就全部还给老师了，即使不还给老师，他们把所学的那点东西估计也解决不了他们儿子在学习上遇到的困难。远在深圳工作的石玉得知这一情况后，及时与弟弟取得了联系。她一方面耐心地劝弟弟不要过于心急，她告诉弟弟凡事都有一个逐步解决的过程，只要自己肯努力、肯钻研，学习成绩一定会慢慢好起来；另一方面她根据弟弟所遇到的难题，利用弟弟的课余时间进行"远程教学"，对弟弟读书时遇到的难题一个一个地辅导，一个一个地帮助解决。与此同时，石玉还在新华书店买了一些适用的学习资料寄给弟弟。在石玉的耐心帮助和辅导下，弟弟的学习成绩很快赶了上来。

石玉在深圳工作，离自己的家乡较远，没法经常回家乡。但她没有因此而淡化对宜城小婶的牵挂，没有淡化对奶奶的牵挂。她下班回到家里，一有空闲就要和小婶在电话里聊聊，或者是通过微信与奶奶视频对话，反复叮嘱奶奶要注意安全、按时吃药，千万不要勉强干一些自己干不了的活。聊到高兴处她还向奶奶许诺，自己回宜城的时候一定给奶奶带好多好多好吃的，逗得奶奶笑得都喘不过气来。每次与石玉通话结束，奶奶都会笑着对儿媳妇赵福兰说："没想到我混到现在这个年纪了，还混了个老来乐。孙女石玉这样有出息、有孝心，都是你平时带得好、教得好。"

石玉常说小婶待她比亲妈都好，照管她也比亲妈更加周到。石玉自结婚成家，一直把小婶家当作自己的娘家，每到过年的时候，他们一家都要回到小婶家里，与小婶全家共度新春佳节。回到宜城小婶家里，她除了要为小婶家里购买大量的年货，还少不了要给奶奶及赵福兰的儿子、女儿各发一个大大的红包。

乡亲们看到这一家十几年来发生的巨大变化，看到赵福兰一家幸福祥和的景象，从内心深处发出感叹道：石家能有今天，多亏有赵福兰。

14
八角庙村的农机服务"专业户"

14 八角庙村的农机服务"专业户"

《红灯记》里有这样一句唱词,叫作"里里外外一把手,穷人的孩子早当家"。如今八角庙村的乡亲们对赵福兰也有类似的一句评价,他们称赵福兰在石家是"里里外外一把手,穷人的媳妇会当家"。

八角庙村的乡亲们这样评价赵福兰,是十分中肯的,不存在刻意夸大的成分。

在现实生活中,有少数年龄与赵福兰相仿的年轻人,虽然凭自己的能力每月能挣点钱,但对这笔钱进行支出分配时,基本上是以自我为中心,很少有为家里人打算的,只顾埋头自己消费,更不用说让他去当家了。而赵福兰与这些同龄人相比,有明显的不同之处,具体表现在以下几个方面:

一是赵福兰的理财水平比较高。家里有多少钱要用到什么地方,家里要从哪些方面获得多少收入,她都预先进行谋划,无论是对支出的事项还是对收入的事项,心里都有一个大致的计划,避免超支或者是短收现象发生。有的人认为这种安排方式有点机械或者是呆板,赵福兰则认为穷家也要有穷的过法,穷家也得有穷的当法,家里越是贫穷,越应该把收入和支出的账算好、算精准。要是对家里本来就少得可怜的财产不加强管理,那就是在人为制造穷,最后只能是穷上加穷。

二是赵福兰的大田作物管理水平比较高。在大田作物管理方面,她特别喜欢钻研,而且钻研的范围很广,涉及的内容也比较全面。什么时候什么作物可以安苗落种、什么时候什么作物应该整枝抹芽、什么时候什么作物应该进行防虫治病等,她都会刻苦研究和实践,并且让自己在较短的时间内成为内行。

三是赵福兰捕捉"商机"的意识比较强。赵福兰最明显的一个特点,就是能干一些既能自己赚钱,又能帮助乡亲们解决实际问题,同时还能使乡亲们受益的事情。比较突出的一件事,就是赵福兰夫妇多方筹措资金,购买旋耕机、大型多功能收割机、播种机等成套的农用机械,帮助乡亲们解决耕种难和农作物收割的问题。

下面就重点说一说赵福兰筹集资金购买大型农用机械,为乡亲们提供优质农机服务的事情。

客观地讲,在农业机械化程度不断提高、普及率也不断提升的今天,农村是不会出现耕种难和农作物收割难这一问题的，但在赵福兰所居住的八角庙村却有点特别，分析原因主要有以下几个方面：

一是八角庙村土地类型多而复杂，不便于机械作业。

八角庙村是一个人多地少的村子，因紧临汉江，常年受汉江洪涝灾害的影响，导致目前土地类型比较多，土地质量相互之间差异也比较大。仅就现存的土地类型来看，有水田，也有旱田；有汉江防洪大堤的堤内田，也有汉江防洪大堤的堤外田；有坡田，也有低洼冷浸田等。这些不同类型的田地，毫无疑问会给机械作业带来麻烦，机械手从自身的经济利益考虑，他们也不愿做这些不赚钱的买卖。

二是"插花"地、"裤带"田多，机械作业难度大。

开始实行联产承包责任制的时候，村组干部在为农户划分承包的责任田时，为了做到公开公平公正，对各种类型的土地都实行平均分配，只要符合承包责任田的相关条件，在分田到户时，好田坏田、近田远田、坡田低洼冷浸田等无论面积大小，各家各户都得分一点。在如此运作下，那个时候人口多、劳动力多的家庭在分到不同类型的土地时，面积都要相对大一点，现在实行农用机械作业时要相对方便一点；而当时人口少、劳动力少的家庭，在分到不同类型的土地时，田块窄的时候仅有两犁宽，且又窄又长，因此人们便将其戏称为"裤带"田。村组干部这样做虽然体现了公平公正，但却给规模种植和实行机械化作业带来了麻烦。过去外地许多从事农机服务的人员，到现场一看便掉转机头立马走开了。

三是"零星"地、"边角"田多，机械作业不划算。

这是一个十分普遍的问题，有些农机操作人员虽然愿意做这些零散琐碎的活，但往往是机械在田地里没走多远，就又要进入另外一个农户的责任田里了，损坏农户庄稼的现象时有发生。农机作业人员有时干这些活不但挣不了钱，还有可能因为自己的机械在作业时损坏了别人的庄稼得给对方支付赔偿。

现在的状况是有机械不好用、不能用、不便用，只能沿用传统的耕牛耕作的方式。而从现有的情况看，有的家里养的肉牛，是绝对舍不得用的。过去没有农用机械的时候，耕田耙地大多靠的是牛，乡亲们称他们喂养的牛叫耕牛，顾名思义就是用作耕田耙地的牛；现在八角庙村许多农户家里虽然也养有数量不等的牛，但已不叫耕牛了，而是叫菜牛或者是肉牛（八角庙村目前还没有养奶牛的农户）。既然对牛的定位变了，乡亲们的这些菜牛或者是肉牛也不可能再像过去一样去耕田耙地了，而是待在舒适的环境里拼着命地长肉膘，然后再通过汽车和火车运输，去往南方的肉牛屠宰场。假如把这些牛拉到田地里干点"体力活"，好不容易长的肉膘，不几天就会变成"架子牛"，主人家不知又要为此后悔多少天。

机械下田作业不行，牛下田作业更不行，只能靠人，而村里大多数的青壮年劳动力都到外地打工挣钱去了，剩下的只有留守在家里的"三八六一九〇"的人员去忙活了。何谓"三八六一九〇"？"三八"指的是妇女，"六一"指的是儿童，而"九〇"则指的是家里的老人，简单地讲就是留守在家的妇女、儿童和老人。农忙时节来临之时，身体好的老人还能坚持干点活，而上了年纪并且身体差一点的老人也只能望"田"兴叹了。

赵福兰看着一些农户因缺少劳力，到了农事季节庄稼种不上，成熟的庄稼又收获不了，既心疼又着急，于是她便想到了购买农用机械。她认为，自家有了农用机械，一方面能够解决自身遇到的耕种难和收获难的问题，降低自己的劳动强度，另一方面也能帮助乡亲们解决耕种难和小麦、玉米、水稻等农作物成熟后收获难的问题，同时还能给家里带来一定的经济收入。

八角庙村党支部、村委会得知赵福兰要购买相关的农用机械为农户开展农机服务的消息后，没等赵福兰和丈夫到村办公室说明想法，就主动忙活着为赵福兰家争取购买农用机械的国家补贴指标，并在市区农机大市场里为赵福兰家联系落实货源。

购买农用机械遇到的最大困难仍然是资金问题。为了解决这一难题，八角庙村党支部书记杨成锋亲自到银行向负责人说明赵福兰家里的具体情况，并很快办理了贷款手续。

大学毕业后远在深圳工作的侄女石玉，听说小婶赵福兰决定购买农用机械为乡亲们提供机械作业服务，以减轻乡亲们的劳动强度，同时也增加家庭收入的消息后，表示了极大的关心和支持，并向小婶赵福兰表示家里有困难自己将尽全力帮助解决。当石玉得知小婶购买多功能大型收割机还有一定资金缺口时，便迅速将4万多元打进了小婶赵福兰的银行卡。

宜城市农机大市场的王经理，在听到赵福兰孝老爱亲的感人事迹后，考虑到赵福兰家里的实际困难，破例采取赊销的方式，让赵福兰把一台大型多功能收割机开回了八角庙村。按照与王经理的约定，赵福兰于年底前把购买收割机的8万多元欠款如数支付给了王经理。王经理再次被赵福兰诚实守信的行为所感动，当场又为赵福兰减免了近2000元的购机款。

旋耕机买了，大型多功能收割机买了，其他农用机械该买的也买了，为乡亲们提供农机作业服务有了保障。赵福兰深知这些成套的农用机械之所以能在非常短的时间内，如愿以偿地开到自己的家里，是社会各界大力支持的结果。为了报答社会各界的关心关爱，赵福兰和丈夫石红波给自己定下了"三不"自律条款。

一是为乡亲们提供农机服务时，要不分土地类型好坏和田块大小、距离远近，一律做到农机服务全覆盖。

前面曾提到八角庙村土地类型较多，各农户承包的田块面积小、分布零散，加之各家各户实行的是自主安排作物种植，这些问题毫无疑问给农用机械操作带来麻烦、增加难度，这也是过去外地农机服务人员不愿意为这里的农户提供农机服务的重要影响因素。

赵福兰和丈夫石红波在没有购买农用机械的时候，在这些方面也多次碰过钉子，他们对乡亲们遇到的机械作业难问题有着极为深刻的感受。赵福兰和丈夫石红波商定，购买农用机械后，在为乡亲们提供农机服务时，要首先从他们的难点做起，把过去外地农机服务人员不愿干的活一件一件全部干好，让乡亲们真正感受到自己是在用真心、用真情为他们服务。

赵福兰夫妇的想法和做法很快就得到了乡亲们的认可，不到两年的工夫，村内绝大部分的农户都愿意将自家承包的责任田交给赵福兰夫妇进行机械作业。由于他们对这些耕地提供了较为周全的机械播种和机械收割服务，乡亲们也从繁重的体力劳动中解脱了出来。在赵福兰夫妇的精心操作和优质服务下，目前八角庙村主要农作物的机械作业面积达到了百分之九十以上。

二是为乡亲们提供农机服务时不乱收费用，坚持做到高质量服务，低标准收费。

在农村，每到播种或收获的时节，农用机械所需要的相关物资或者是其他相关材料都会出现不同程度的涨价，因此不少农机操作人员也会按照所谓的"水涨船高"的惯例，对收费标准进行"适当"提升，其结果是"羊毛出在羊身上"，掏钱买单的还是乡亲们。

实事求是地讲，随着农用机械运行过程中所需要的有关物资价格及其他维修收费标准的提高，赵福兰在为乡亲们提供农机服务时，与外地的农机服务人员一样，适当提高一点收费标准，也是合情合理的，乡亲们也能接受。但赵福兰夫妇却坚持收费标准保持相对稳定，不"跟风"涨价。对此，他们的想法相当朴素。

赵福兰想到的是要知恩图报。赵福兰和石红波认为，在他们家里十分困难的时候，乡亲们不嫌弃他们穷，而是尽力帮助他们渡过了一个又一个难关。在他们刚购买农用机械的时候，乡亲们为了变相地帮助他们，二话没说就把自家的责任田全部交给他们进行机械播种和机械收获，正是乡亲们的"捧场"，自家每年才会有额外的收入。尽管有些农机所需要的物资涨价了，农机的维修维护等收费标准也提高了，但可通过加班加点的方式让机械多干点活，扩大农机作业服务的面积，这样不仅可以弥补有些物资涨价等造成的损失，还会因扩大了机械作业面积而大幅增加农机作业服务收入。而且，保持农机作业服务收费标准的相对稳定，实际上就是相应地做好了稳定"客户"的工作。在如今的信息社会里，谁的收费标准高谁的收费标准低，谁的服务质量好谁的服务质量差，乡亲们心里都很明白。自家对乡亲们开展优质服务的同时，坚持收费标准相对稳定，乡亲们自然而然地会更加信任自家，来年自家也会自然而然地有更多的活做，同时也会自然而然地有更多的赚钱机会。

三是为乡亲们提供农机服务时做到不误农时，坚持做到按时保质、随叫随到，不随意拖延服务时间。

　　无论是耕田种地，还是收割小麦、玉米和水稻，乡亲们对时间的要求都非常迫切，都希望赵福兰能在第一时间把自己要种的作物尽快种上，把自己已经成熟的庄稼尽快收获入仓。赵福兰特别理解乡亲们的心情，但不能在同一时间内把乡亲们的需求都一下子满足。为了不因此与乡亲们产生误解，也为了不让乡亲们之间为争先后而产生矛盾，赵福兰夫妇便提前做好预约工作。她根据预约的情况，将自己提供机械作业服务的时间列成顺序表，并通过微信、电话及短信的形式通知到需要服务的农户手中，农户们依照赵福兰排的机械作业时间，不慌不忙地做好相应的准备工作。由于赵福兰夫妇事前的基础工作做得扎实细致，这些年来，没有因机械作业服务的先后顺序安排不周与乡亲们产生过矛盾。

　　为了以最快的速度把乡亲们该种的农作物都及时播种，把乡亲们要收获的农作物及时收获，赵福兰与丈夫石红波对自家的农用机械采取"歇人不歇马"的方式，夫妻二人轮换上车操作，既提高了工作效率，也提高了机械设备的利用率。

　　赵福兰开始的时候对农用机械的操作技术还不是十分熟练，为了练就过硬的操作技能，她像传说中的习武之人那样，坚持做到"夏练三伏，冬练三九"。功夫不负有心人，赵福兰驾驶农用机械的水平与丈夫石红波相比已经是不分上下。在收割农作物的时候，每当赵福兰驾驶着自家的大型多功能收割机出现在收割现场，都会吸引众多乡亲们的目光。有的乡亲们还用赞美的语气说道："赵福兰驾驶收割机在田地里忙碌的时候，给我们这片金黄色的大地又增添了一道亮丽的风景。"

　　赵福兰和丈夫石红波为乡亲们提供农机服务赢得了乡亲们的信任和支持，乡亲们也十分乐意接受赵福兰夫妇为他们提供的相关农机服务，随之而来的则是赵福兰家庭经济收入的大幅度增加。

　　赵福兰的丈夫石红波小时候的一个玩伴小虎子，见石红波家里的农用机械服务生意做得风生水起，便向石红波讨教经验，打算放弃目前正在开展的农副土特产品的购销生意，也学着石红波的做法购买一套农用机械设备，像石红波那样在村子里为农户开展农用机械作业服务。石红波一五一十地为小虎子进行了讲述，并表示欢迎他加入自己的行列。

就在小虎子准备撸起袖子加油干的关键时刻,小虎子的父亲却给自己的儿子敲起了"破锣",唱起了反调。一天晚上,他特意为儿子准备了几个"硬菜",与儿子共进晚餐。父子二人酒兴正浓时,小虎子的父亲心平气和地问道:"小虎子,听说你要购买一套农用机械做新的门道?"

小虎子答道:"有这回事。听我的玩伴石红波介绍,为农户提供农机作业服务来钱较快,风险不大。"

小虎子的父亲没有跟儿子讨论来钱快慢的问题,只是向儿子一连串提了几个另外的问题。

首先他向儿子问道:"你能像石红波、赵福兰他们那样为乡亲们提供优质高效的服务吗?"

小虎子看着自己的父亲连连点头,表示自己能够做到。

小虎子的父亲又向儿子问道:"你能像石红波、赵福兰他们那样保持收费标准相对稳定,不向乡亲们乱收费吗?"

小虎子继续点头,表示自己依然能够做到。

小虎子的父亲停了一会儿,吃了一口菜,然后接着问道:"你能像石红波、赵福兰他们那样,在农村大忙季节日夜加班加点轮换上阵为乡亲们赶农活吗?"

小虎子稍微停顿思考了一下,然后十分自信地回答说:"农忙的时候,累是肯定要累一点,我能坚持。"

小虎子的父亲见自己连续问了几个问题都没把儿子问倒,便只好直奔主题,让儿子放弃购买农用机械。他用十分忧虑的眼光看着小虎子说:"本来今天晚上,我是想从侧面劝劝你放弃购买农用机械之事,没想到你是下定了决心。在这个问题上我也不再遮遮掩掩的了,我建议你不要与石红波争活干、争饭吃,去抢他的饭碗。你要是坚持这样做,对谁都没有好处,特别是对石红波更没有好处。我知道你们两个从小到大都是好朋友,石红波家里穷得揭不开锅的时候,你曾经哭着跟我说,要想办法帮帮他。现在石红波家里的情形刚有点好转,你不帮他做一些捧场加油的事，反而要干一些与他争抢饭碗的事，你忍心看到你的好朋友再过着过去那种吃了上顿愁下顿的穷日子吗？你如果是石红波的好朋友，你能干出这件事吗？！"

小虎子听完父亲的这番话后，顿时明白了一切。他笑着跟自己的父亲说："老爹，今晚您又是好酒又是好菜地管我，开始我以为自己哪些方面一不注意又冒犯您了，吓得我连大气也不敢出一口。原来您就是为了这件事，您直接让我放弃不就行了吗，我还敢不听您的话？！"

从此小虎子再也没有在家里提购买农用机械的事情，一家人还是像往常一样，按部就班干着过去熟悉的农副土特产品的购销生意。

立夏过后小满节气即将来临，农户种植的油菜籽、小麦等夏收作物也即将进入收获时期。石红波主动联系了小时候的玩伴小虎子，问他何时到市里购买相应的农用机械，并提出随他一起进城帮他选择机型。小虎子则以自己技术不熟练、资金缺口大等为由，说自己已改变了原来的计划，还是像往常一样做自己较为熟悉的农副土特产品的购销生意。

又过了几天，赵福兰才打听到，丈夫的好朋友小虎子之所以要放弃购买农用机械，主要是为了照顾他们的生意，确保他们家里的农用机械有活干。

又过了一段时间，赵福兰和丈夫又从乡亲们那里得知，村子里先后有4个人想购买农用机械，村党支部听到消息后，担心出现恶性竞争，从而导致机械设备闲置，造成资金浪费。更重要的是担心赵福兰一家好不容易才从穷坑里爬了出来，根本没有精力和实力去与别人搞恶性竞争，于是便分头做这几位村民的工作，并引导他们将资金投向其他方面，避免了赵福兰一家返贫。

赵福兰从内心深处感谢村党支部、村委会和乡亲们对自家的关心关爱，她激动地对丈夫石红波说："我们家里能有所发展、有所变化，都离不开村党支部、村委会的支持，离不开乡亲们的帮助和关心。俗话说'滴水之恩，当涌泉相报'，我们一定会为乡亲们搞好优质服务，尽我们最大的努力来减轻乡亲们在抢种抢收方面遇到的困难。"

15

八角庙村里的"种田大户"

从喂养4头能繁母猪开始，发展到现在有几十头规模的能繁母猪养殖场，赵福兰在获得了第一桶金后，力求将贫困家庭尽快带出穷窝的想法越来越强烈。后来她又从自己家里的实际出发，购买成套的农用机械，既方便自己耕田种地收获庄稼，减轻自己的劳动强度，也为附近的父老乡亲们提供农机作业服务，解决了父老乡亲们因缺少劳动力而出现的农作物耕种难和农作物收获难的问题，同时也为家里增加了一笔数额可观的收入。

赵福兰家里虽然有了能繁母猪养殖场和农机服务这两个经营项目，有了较为稳定的收入来源，若维持现有的状况，小两口把这两个项目做好，一家人过吃穿不愁的日子应该没有太大的问题。但赵福兰并没有满足于现状，而是在思考如何增加家里的"经营项目"，增加收入来源，巩固及扩大致富成果。赵福兰认为家里的致富项目多了，就好比是把小船换成了大船，小船经不起风浪的打击，而大船则经得起风浪的打击。自家的致富项目多了，抵抗风险的综合能力就增强了，一旦某一个项目市场行情不好，其他项目照样还可以赚钱，这样家里就有了比较稳定的收入，也不至于再返回贫困状态了。

赵福兰之所以要考虑增加家里的致富项目，因为她结合家里的实际情况从以下几个方面进行过分析：

第一个方面，若论挣钱快、风险小，外出打工可谓是最佳"项目"。它不需要大笔的投资，只要你有劳动能力、能吃苦耐劳，就不愁没有收入。但赵福兰想到家里一大摊子的难事离不开她，立马否定了自己的想法。她深知家里的任何一件事、任何一个人都不能离开她和丈夫石红波。婆婆在她的精心照料下，身体虽然渐渐好了起来，但一旦离开了她的精心护理，病情就有可能反复；两个患精神病的哥哥、一个患精神病后长期卧床的大嫂子，一旦没有了她的"严密"监护，不知会惹出多少麻烦事来；还有刚扩建的能繁母猪养殖场的日常管理等。赵福兰想到这里，无奈地笑了笑，然后自言自语道："外出打工虽然要好一些，经济收入有可能要多一点，但家里的这些事也不能不管呀。这些事管好了也可能是家里的一大笔'财富'，若管不好，无论哪个方面出了问题，那可不是一般的包袱，即使在外面挣再多的钱，也不够弥补这方面的损失。"

第二个方面，就是扩大现有养殖场的规模。她和丈夫石红波全面估算了一下投资，感觉到所需要的投资数额较大，同时也担心自己的精力跟不上，导致管理水平下降，从而影响养殖场的收益，于是便把这一想法也给否定了。

赵福兰和丈夫石红波有一个共同的"缺点"，就是只会埋头苦干，不会贪图安逸享受。遇到节假日或者是雨雪天，村子里便会有人出面牵头约上三五个人在一起打一打带彩的小麻将。无论别人怎样邀请，他们夫妻俩既不参加，也不观战，而是把自己关在屋里一门心思地干着那些永远也干不完的家务活。他们夫妻俩是这样想的，与别人打麻将玩也是一天，若是一味地去玩，有时玩起来既累人也累心，耽误家里的事不说，弄不好还会伤和气伤感情；若是在家里埋着头找一些活干同样也是一天，虽然有的时候自己要累一点，但相对于心累则要舒坦许多，至少不会伤害相互之间的和气。

增加家里的经营项目，增加家里的收入来源，自己或者是丈夫外出打工，家里的现实条件不允许；进一步扩大养殖场的饲养规模，自身的经营管理能力和精力也不允许。究竟哪些项目才适合自己呢？赵福兰想来想去，最后她想到了大面积转包乡亲们的耕地，争取在八角庙村当一个名副其实的种田大户。

赵福兰是个想好了就干的人，她带着自己的想法找到了八角庙村党支部、村委会，当面向村党支部书记杨成锋讲了自己的这一想法，并有条有理地讲了自己要转包乡亲们耕地的理由。

她是这样说的：

一是每到新年过后，村里的大部分青壮年劳动力纷纷出门打工，家里的责任田有的是种一季荒一季；有的是粗放管理、广种薄收，土地产出效率低；有的还存在亏本问题。自己看到这种情况后感到有点可惜。

二是自己和丈夫因家里情况特殊，不能像村里的其他年轻人一样去打工挣钱，只能守在家里，照顾生病的家人。农村大忙季节过后，自己和丈夫石红波基本上是闲在家里。自家的十几亩责任田的日常管理，用不了太多的时间和精力，以自己现有的能力耕种几十亩甚至上百亩土地应该没有太大的问题，他们完全有时间有精力去把这些土地耕种管理好。

三是目前庄稼从耕地播种到收获入仓大都是机械化操作，自己家里用于耕种、收割的农用机械比较齐全，即使农忙时节再忙也有机械作业，不存在耕种不了或者是收获不了的问题。

四是自己家的养殖场里，每天产生的粪便有大几百斤，将这些粪便堆放发酵后能形成大量的优质有机肥料。这些有机肥料不仅能满足百余亩农作物的生长需要，而且还能改良土壤，减少种田支出，特别是能提高所种植的农作物品质。农作物品质好了，不管种的是什么，只要到了收获的季节，不存在卖不了的问题。

赵福兰一口气向村党支部书记杨成锋说了许多个理由，每个理由都冲着要当八角庙村的"种田大户"，而且是势在必得。

赵福兰所想的、所说的，其实也是村支书杨成锋心里所设计规划的。杨成锋担任村支书以后，为了提高村民的家庭经济收入，有针对性地在本村提出了大力发展外出打工经济的设想。通过典型示范带动，外出打工已在本村形成了气候，除了赵福兰这样家里有特殊困难的,其他农户家里基本上都有外出务工人员。人是送到外地打工去了，但又带来了另外一个问题，青壮年劳动力大多数都外出打工，在家种田的劳动力则少了，耕地产出效益及平常的管理水平在一定程度上降低了。为了确保大田种植和外出务工两不误，杨成锋依据现行政策，思考着如何引导村民搞好所承包的土地，实行合理流转、有偿使用，真正做到让外出打工人员能安心地打工，让通过土地流转而形成的"种田大户"能安心地种地。他想培养的"种田大户"人选中就包括赵福兰。杨成锋正打算找个时间去与赵福兰夫妇当面谈一谈的时候，赵福兰却捷足先登，抢先向村党支部、村委会提出此事。

村支书杨成锋听完赵福兰的想法和理由之后，顿时喜出望外，不但当即答应了赵福兰夫妇的请求，还就如何做好相关农户的思想工作，推动土地有序流转商

量了具体的办法和要求。在这个问题上,杨成锋提出了这样几点要求:

一是要求赵福兰夫妇在流转土地时,尽可能将小块田地集并在一起,使其集中连片。

二是要求对家里缺少劳动力的土地,在农户自愿的前提下优先进行流转。

三是要求赵福兰在流转到土地之后,尽可能做到集中连片种植,作物种植品种应服从村里的大田种植规划,不搞插花种植。

赵福兰和丈夫石红波感觉到村里所提的要求,也是自己想要达到的目标,于是便表示保证按村里的要求抓好落实,不打任何的折扣。

在八角庙村党支部、村委会的大力推动和积极协调下,赵福兰与乡亲们之间的土地流转工作进展得相当顺利。在较短的时间内,赵福兰已从本村农户手中流转近百亩土地,赵福兰夫妇通过流转土地也成了当地名副其实的"种田大户"。

流转土地的事做成功了,当"种田大户"的梦想也成真了,赵福兰心想:我们所想的、所需要的在村党支部、村委会的引导协调下,在乡亲们的支持下,该满足的都满足了、该实现的也都实现了,而乡亲们心里想但嘴里没有说出来的,类似过去种粮政策性补贴问题、土地质量保持问题以及土地流转费用支付问题等,自己也得给乡亲们有一个明确的态度,让乡亲们能够放心地将承包的土地交给自己使用。为此,赵福兰向乡亲们做出了三个承诺。

一是不影响乡亲们的既得利益。八角庙村承包集体土地的农户享受国家政策性补贴或者是补助的范围比较广,种类也比较多。以种植粮食补贴为例,只要种植了粮食的农户,根据其实际种植的粮食面积,每亩每年可获得国家发放的种粮补贴款近百元。按照据实补贴的政策要求,只有在其承包的耕地上种植了小麦、水稻等粮食作物才能享受国家的种粮补贴,反之则不具备享受的条件。为将乡亲们这方面的政策性补贴收入落到实处,赵福兰夫妇在流转的土地上尽可能做到只种植粮食、棉花等农作物。对这部分政策性补贴款,他们明确表示让原承包土地的农户享受。赵福兰曾这样说:"乡亲们能把土地交给自己承包经营,对我们这样的家庭已经是非常关心照顾的了，我们把田种好了，有钱可赚就行了，我们不能把各项利益都争在自己的名下。如果是这样,不但会影响我们和农户之间的和气,还有可能影响相互之间的长期合作,最后受损失的还是我们自己。"

正是出于这方面的考虑,赵福兰自当上八角庙村的"种田大户"以后,每年在安排作物种植品种时,都坚持做到了只种粮食和棉花,不种植其他作物,从而较好地维护了土地转包农户的既得利益。

二是不搞掠夺式经营。对土地搞掠夺式经营,在农村可以理解为只种田不养田,只顾拼着命向土地索取,不对土地进行任何的投入。八角庙村的耕地大多为沙土地,若在耕种农作物过程中不注重肥水管理,便特别容易出现地力瘠薄现象。那些把自己的责任田转包给赵福兰有偿使用的农户,也特别担心赵福兰对这些土地采取只种不养的方法,搞一锤子买卖。

为了消除乡亲们的担心,赵福兰和丈夫石红波商量,决定把自家养殖场所产生的粪便,全部转运到所流转耕地的田边地头,然后与农作物秸秆混合堆积在一起进行沤制发酵,使其成为再上等不过的有机肥料。特别是在农作物播种前施撒底肥的时候,赵福兰还特意请几个农户到现场观看,这些农户所有的担心顿时烟消云散。赵福兰所流转的百余亩耕地,在短短的几年时间内,不仅地力得到了大幅度提升,在这些田地里生长的农作物也普遍好于同类田块的农作物,不仅产量高、病虫害发生率低,更重要的是品质也提升了许多。每到农作物收获的时候,赵福兰种植的农作物因品质好很快就被抢购一空。

三是不拖欠乡亲们的土地流转使用费。石家的穷困在八角庙村是出了名的,人们一提到石家,首先的反应就是家里穷得不能再穷。而令人们佩服的是赵福兰家里虽然很穷,但她却十分守信,只要是许诺了的事情,不论有多大困难,她都会克服困难去践行诺言。正因为这样,乡亲们才十分放心地将自己的责任田转让给赵福兰耕种。至于每亩地几百元的土地流转使用费,乡亲们也没有把它放在心上。越是乡亲们不在意的地方,赵福兰夫妇却越上心。他们深知乡亲们将责任田交由自己耕种,看起来是在对耕地进行有偿流转,实际上是乡亲们为他们搭筑了发家致富的舞台,有了这个舞台,他们才能每年从经营种植业方面获得可观的收入。从某个层面讲,乡亲们还是在一如既往地帮助扶持他们,乡亲们是有恩于他们的。基于这样朴素的想法,赵福兰夫妇在支付乡亲们土地流转使用费的时候特别守时。每到一个合同年度开始的时候,不论家里资金如何紧张,她都会想方设法将这部分款项筹措到位,并一次性跟乡亲们把土地流转费用结算清楚,从不拖欠分文。正常年景情况下是这样,若遇到灾情比较大的年份,赵福兰所种的庄稼大幅减收有时甚至是绝收,她也不向对方提出减少或者免去土地流转费用的请求。当问及乡亲们为何只将自己的责任田转包给赵福兰时,乡亲们如此答道:"赵福兰老实、本分、守约、诚信,田交给她种我们放心。"

随着种田面积逐步扩大,赵福兰在田管方面投入的精力也越来越大,除了农用机械操作外,还有大量的农活需要赵福兰夫妇去做,有时忙起来也有一点吃不消的感觉。现在,赵福兰的丈夫石红波又开始钻研农用无人机的操作应用技术,小两口正琢磨着用种田攒下的资金,购买一台功能比较齐全的农用无人机,让无人机承担起叶面喷肥、病虫防治等方面的任务。待到他们技术操作十分熟练后,再根据乡亲们的需要为乡亲们提供相应的田间管理服务。乡亲们听说赵福兰有这样的计划后,都感到十分高兴,纷纷表示要大力支持,他们期待着这一天早点到来。

16
八角庙村的志愿服务者

16 八角庙村的志愿服务者

在相继成为八角庙村的农机服务专业户和八角庙村的"种田大户"之后，赵福兰和她的丈夫石红波很快又多了一个称呼——乡亲们高兴地把赵福兰夫妇叫作八角庙村的志愿服务者。

八角庙村人多田少，新年过后或者是农忙季节结束之后，村子里的青壮年劳动力都先后到外地打工去了，而家里的一大摊子事全部交给了留守在家的老人打理。在这些家务事中，有些是留守老人办得了的，有些则是留守老人无法办理的。在这些留守老人无法办理的事情中，有些事可以拖一拖，待外出打工的人员回家后处理，而有些则是必须尽快解决的，稍有延误还有可能带来比较严重的后果。

赵福兰夫妇因为家里情况特殊，是八角庙村少有的留守在家的青壮年人员。他们看到村子里留守老人生产生活中遇到的困难，想到正是因为有了乡亲们的帮助，自家才能在较短的时间内告别贫困，过上幸福快乐的生活。现在乡亲们遇到了暂时的困难，自己也不能袖手旁观。于是赵福兰便和丈夫石红波琢磨着如何帮助乡亲们解决一些比较现实的困难。

随着农村经济的快速发展，农村与城市的差距也在逐步缩小，城里人家里有的，在八角庙村的农户家里也都能看到，特别是家用电器、手机等也都成了村民们的必需品。家里的设备上档次了，但在操作技能及水平上，有些村民特别是年岁较高的村民还处在一个较低的层面。那些留守在家的老人，一旦家用电器遇到故障和问题，要么花钱费时费力将电器搬到镇上去维修，要么通知在外打工的子女回来进行维修，要么干脆就让其闲着不用。比如平时留守老人可以守在电视机前看看自己喜欢的节目，既能解决寂寞无聊的问题，也能相应地打发一下时间。如果电视机坏了，家里没有了声响，老人的时间就显得特别难熬，有的因孤独难耐，在家里还憋出了病来。

赵福兰的丈夫石红波发现这些问题后，就从电视机等家用电器相关简单问题的排查及简易维修技能学起，乡亲们在使用家电时经常出现什么问题，他就有针对性地学习钻研这方面的知识。因其悟性较高，加之学习刻苦，在较短的时间内就成了"内行"。村里的留守老人一旦遇到了问题，第一时间想到的便是石红波，时间一长石红波便成了村里的义务维修工。当人们看到石红波又是贴配件又是贴时间，提出要给他支付点修理费时，石红波却诙谐地说道："依我目前的状况，还没有达到向你收取维修费的水平。要说收费的话，你们应该向我收取实习费，是你们相信我，才使我有了施展自己特长的平台，有了练兵的机会，我应该感谢大家。"

乡亲们说，近几年来，石红波义务为乡亲们维修家用电器百余件，还免费为乡亲们提供了大量的维修配件。乡亲们说石红波为他们节约了维修费用是一个方面，更重要的是帮他们消除了焦虑的情绪，安抚了他们因家用电器出现故障而产生的烦躁心情。

八角庙村过去人畜饮水主要是靠自家打的水井从地下汲取，饮用水的质量不高。后来按照市镇的统一规划，农户们都用上了镇水厂供应的自来水，这样不仅解决了农户私自乱采地下水的问题，也解决了饮用水质量不高的问题，实现了人畜饮水安全。时间一年一年过去，因长期使用及低温天气的影响，不少农户的入户水管老化、损坏的现象比较普遍。有的水管坏在明处，发现后便会立即进行维修。有的水管则坏损在暗处，因掩埋的土层较深，很难发现，白白让农户承担的水费损失是可想而知的。

八角庙村在向农户收取自来水水费时，大多数的村民小组一般是按季收取的，也有少数村民小组是按月收取的。平时向农户收取水费的管理人员通常只负责入户水表前端主水管道的日常监管及维护，而对水表下端的入户管道，因涉及的范围广、户数多，加之大部分的入户水管都深埋地下，平时根本没有精力去进行监管和维护。若入户管道破裂导致自来水大量流失，由此而产生的水费毫无疑问要由户主自己承担，收费管理人员也只能按水表上的数据收取。尽管收费管理人员有同情之心，但因制度规矩不允许，同情只能是归同情，该收的钱则不能减免分文。因为农户在饮用自来水方面遇到的问题多如牛毛，如果村里自来水收费管理人员随意开一星半点的口子，可能就会引发巨大的矛盾。乡亲们深知制度规矩是大家共同制定的，遇到这些问题也只能接受。

村里的留守老人王大爷平时很快活，总是爱在村子走动，还不时哼几句小调，

16 八角庙村的志愿服务者

有时高兴起来如同孩童一般。进入寒冬腊月之后,又到了收取自来水水费的时间。但自从他接到自来水收费通知单后,就再也没有听到他哼唱小调了,他总是把自己关在家里独自哀叹发愁,如同得了大病一般。赵福兰和她的丈夫石红波看到了王大爷的变化,心里想到王大爷平时性格开朗,如今却突然郁郁寡欢,肯定是遇到了什么麻烦事。

原来,前几天村里自来水收费管理人员在向王大爷递交自来水水费收取通知时,告知他第四季度应交自来水水费近 4000 元,并将他家水表记录的数据详细地指给他确认。王大爷一看吓了一大跳,只见自家水表快速地转动着,王大爷一看便意识到自家水费如此之多,肯定是入户的水管坏损破裂惹的祸。面对这种状况,王大爷犯起愁来。现在正下着大雪,外面冰天冻地的,自己去维修根本没有那个能力;若请人来维修,天气如此寒冷,即使多出点工钱,人家也不一定愿揽这个活。

赵福兰得知王大爷犯愁的原因后,一边安慰王大爷不要过于为此事发愁,一边跟王大爷说,这几天下雪,自己家里要办的事也不多,可以抽出时间帮王大爷把他家的自来水管道维修好。王大爷一听赵福兰要冒雪为他家维修自来水管道,激动得不知说什么好,脸上也露出了近几天少有的笑容。

第二天天刚亮,赵福兰就起床忙着把一家人的饭做好,然后便催丈夫石红波抓紧时间吃早饭。正当赵福兰夫妇二人拿着铁锹等工具,前往王大爷家修理自来水管道时,上天好像要考验他们夫妻二人似的,忽然刮起了刺骨的北风,不一会儿又下起了当地人称之为"雪籽籽"的小雪粒,这"雪籽籽"借助呼啸的北风,打在人的脸上无比疼痛。

而这一天,王大爷想到赵福兰和她的丈夫石红波要到他家帮忙修理自来水管道,所以起得特别早,但当他开门看到地上落了一层"雪籽籽"后,叹了一口气说道:"唉,天不助我呀,昨天小赵他们小两口说要来帮我修水管,今天你老天爷却出来添乱帮倒忙。照此天气,看来修水管的事不知又要拖到猴年马月。"说完,王大爷再一次抬头看了看发黄的天空,十分无奈地退回屋里,关上了房门。

石红波肩扛铁锹迎着刺骨的寒风站在自己家的门口,先是看了看从天上飘洒的"雪籽籽",然后又用犹豫不定的眼神看了看身背修理工具的赵福兰,仿佛要向妻子赵福兰说什么。赵福兰一看丈夫的眼神,没等他开口,便用坚定的语气说道:"这天气看来是在试探我们是不是真心要帮王大爷家干事,我早上起来做饭的时候,天还晴得蛮好的,我们要出门为王大爷家干活了,却突然变脸下起了'雪籽籽'。昨天既然向王大爷说了今天要帮他修自来水管道,就是天上下刀子也得干。"

赵福兰话一说完,就紧紧地抓着丈夫石红波的一只胳膊,踏着地上的冰雪,一步一滑头也不回地径直向王大爷家里走去。

寒冷的北风一阵紧一阵地刮着,天上的雪花无休无止地飘洒着,赵福兰和石红波不顾手脚冻得僵硬,埋头干着,忘记了饥饿、忘记了寒冷。傍晚时分,王大爷家破裂的自来水管道终于修好了。上天像在与赵福兰夫妇开玩笑,几乎与此同时,洋洋洒洒下了一整天的雪不下了,呼啸刺骨的寒风也像摁了关停键似的停止了。

赵福兰和丈夫石红波收拾好修理工具,一边抖落身上的冰雪,一边用十分疲惫的声音教王大爷如何做好水管的防冻防破裂工作。王大爷听完之后,忙从衣服口袋拿出事先准备好的300元现金,无论如何也要让石红波收下。石红波是个犟脾气,只要是他说过为别人帮忙不收钱的话,无论他自己付出多大的代价,都是绝对不会向别人收取一分钱报酬的。就这样王大爷坚持要给,而石红波则坚持不收,二人为此僵持不下。赵福兰见二人为这几百元钱推来推去,天气又这么寒冷,再这样僵持下去也不是个办法,于是便灵机一动,站在王大爷跟前,对王大爷说道:"王大爷,昨天我和红波说好了,是帮你忙的。既然是帮忙,我和红波绝对是不能向你收取工钱的。王大爷你要是坚持让我们收这三百元工钱,你必须得答应我的一个请求。"

王大爷收了手,静静地听赵福兰向他提请求。

赵福兰用沾满泥土的手从王大爷手中接过3张百元的人民币,说道:"这300元工钱我和红波收下了,但我和红波有一份心意你也必须收下。过去我们困难的时候,你总是想着法子帮我们,你对我们的好,我和红波都记在心里。再过几天就要过小年了,这几百块钱就算是我和红波孝敬你的,天晴了你到镇上买点你喜欢的年货,好好把生活改善一下。"

赵福兰说罢便将那300元钱装进了王大爷的衣兜,她借故外面天气寒冷,便强行把王大爷连拉带扯地拽进屋里,然后转身和丈夫石红波踏着积雪,深一脚浅一脚、十分疲乏地向自己的家里走去。

王大爷倚着门框,看着赵福兰和石红波渐渐远去的身影,激动地用颤抖的声音说道:"这两个年轻人真是好人呀!"

17
淌着热泪去北京

17 淌着热泪去北京

2021年11月初的一个清晨,天空湛蓝,白云朵朵,虽已进入冬天,但气温并没有像过去那样寒冷。冬天的风虽然一阵接一阵地刮着,但并不像过去那样穿透皮肤,让人有刺骨疼痛的感受。人们普遍感觉这一年的冬天与往年相比,仍如同秋天一般温暖宜人。

赵福兰忙完了一家人的早餐,刚要停下来休息一会儿,忽然手机响起了清脆明快的铃声。赵福兰看了一下手机,显示的是一个陌生号码,她以为是打听购买小猪崽的客户,于是赶忙接听,只听得手机里传出一位陌生男士的声音。男士用不慢不快的语速说道:"喂,你好。告诉你一个好消息,你已获全国道德模范提名奖。党中央决定近期在北京人民大会堂召开表彰大会,习近平总书记和其他中央领导将出席会议,请你做好到北京参加会议的准备。另外,还有很重要的一个方面就是,请你近期一定要做好疫情的防护工作,非必要千万不外出。喂,喂……"

赵福兰听着电话里的声音,瞬间感觉就是对方打错了电话,于是赶忙回答道:"对不起,你的电话打错了。"随即便将电话给挂断了。

赵福兰放下电话,看着正在清理饭桌上碗筷的丈夫石红波说:"真有意思,一大早就有人开这样的玩笑,说上级通知要我做好到北京参加全国道德模范表彰会的准备,还说习近平总书记和其他中央领导有可能还要接见我们参会人员,并要求我做好疫情防控工作,我感觉对方好像是在开我的玩笑,于是就把他的电话给挂了。"

石红波听完赵福兰的话后,正要开口说什么,赵福兰的电话又响了起来。

赵福兰看了一下手机,见还是刚才的那个号码,便指着手机笑着跟丈夫石红波说道:"你看,这个人的电话又打过来了。"

石红波一边看了看赵福兰的手机,一边对妻子笑着说道:"给你打电话的人,估计是我们平时比较熟悉的客户,有可能今天要来我们这里购买小猪崽,事先找个由头打个电话跟我们开个玩笑。"

石红波在情在理地分析之后,便示意妻子赵福兰抓紧时间接听电话。

赵福兰刚一接通电话,对方就在电话里自我介绍道:"喂,赵福兰你好,我是市委办工作人员小贺。十分抱歉,刚才因为心情激动,忘了向你做自我介绍,就一个劲地向你通知到北京参加全国道德模范表彰会的事。"

电话里的小贺一边向赵福兰解释着,一边问赵福兰对这个通知是否还存在疑问。赵福兰依旧是认为对方在与自己开玩笑。为了消除赵福兰的疑问,小贺便告诉赵福兰自己将用办公室的电话把参加会议的相关要求逐条念给她听。

小贺把参加会议的相关要求向赵福兰念完之后,还跟赵福兰着重强调说,市里考虑到赵福兰是初次去北京,专门安排了一名女干部,为其做好相关的服务工作,前往北京及返回宜城的车票已订好。说到最后,小贺再次强调请她一定要做好疫情防控工作,确保平安顺利地参加会议。

赵福兰听完这一番话,开始时的一些猜疑瞬间便消除了,想到自己不仅要去朝思暮想的首都北京,而且还要在人民大会堂参加表彰大会,心里充满了无与伦比的喜悦和激动。

三天之后,赵福兰与市里的一名工作人员,按照参加会议的相关时间要求,从襄阳东站坐上了开往首都北京的高铁。

火车飞速前进,赵福兰的心情无比激动。祖国的首都北京,人们心向往之的地方,赵福兰曾经设想过通过什么方式实现自己到北京的愿望。她曾想过到北京利用自己勤劳的双手打工挣钱,贴补家用改善家境;她曾想过大力发展自己的产业,利用自己的经营所得,带着一家老小,到北京旅游观光,到天安门广场看升国旗,到八达岭去登长城……尽管过去她曾想过很多方法去北京,但令她万万没想到的是,自己企盼已久的去北京的愿望,竟是以参加全国道德模范表彰大会的方式实现了!

此时此刻,她的心情无法平静,她眼里流淌着热泪,回想过去许许多多的往事。十五六年前,自己只身一人来到楚国故都宜城,来到家徒四壁的石家,正当她家穷得无法过日子的时候,是党的扶贫政策救了她家,是当地心地善良的乡亲们帮助了她家,是市、镇政府和村委会扶持了她家……她在想,如果没有当地心地善良的父老乡亲的无私帮助,没有各级政府及村委会的大力支持,没有党的扶贫攻坚的好政策，我赵福兰浑身是铁又能打几个铆钉呢？！我赵福兰纵有天大的本事，又怎能把石家带出苦海，过上幸福快乐的小康生活呢？！

在她家穷困潦倒的时候，乡亲们没有歧视她家，而是纷纷向她家伸出了援手。家里没有蔬菜，乡亲们给她家送来了蔬菜；米缸面缸里少了米面，乡亲们给她家送来了米面；家里的活她赵福兰一人忙不过来，乡亲们有的帮她家种菜，有的帮她带小孩；赵福兰想扩大粮棉油种植面积，乡亲们义无反顾地将自家的责任田流转给她耕种，让她圆了当八角庙村"种田大户"的梦；当她将成套的农用机械开回家的时候，乡亲们纷纷捧场，将自家田地里耕种和收割的活全部交给她实行机械作业；等等。

她回想着过往的一切，深知自己家里每前进一步，都是乡亲们助推的，是乡亲们用他们纯真的情和爱，帮她搭筑了一个又一个致富的平台。

她家里要扩建养殖场遇到用地困难的时候，是村党支部书记、村委会主任第一时间亲自到现场协调用地矛盾、解决用地困难，并不辞辛苦地相关部门争取农业设施用地指标。

当建造养殖场缺乏资金的时候，镇政府、村委会主动地向上申报专项资金3万多元，建设养殖场资金很快得到了解决。

当养殖场建成后遇到"行路难"问题的时候，是郑集镇政府将其列为特事并进行特办，快速规划设计、快速筹集资金、快速组织施工，在很短的时间内便修成了一条由养殖场连接市、镇公路的水泥路面，进出养殖场从此也可以通车畅行风雨无阻了。

当她想要转包乡亲们的责任田，用于扩大自家的粮油种植面积的时候，村党支部、村委会一班人便认真全面地向乡亲们宣传党和国家相关的农村土地流转政策，耐心细致地做好协调工作，使得自己在很短时间内，就从乡亲们那里流转耕地百余亩，自己不仅实现了成为八角庙村"种田大户"的梦想，同时也使自己家又多了一个治穷致富的项目。

她回想着过往的一切，发自内心感叹道：自己家之所以能够在较短的时间内甩掉极贫极困的帽子，全靠市、镇政府和村党支部、村委会这些坚实的后台！

不管是在她家处境艰难的时候，还是在她家经济条件转好、全家过上小康生活的时候，曾任宜城市委书记的李诗（现为襄阳市政协主席）、郭静（现为襄阳市政协副主席），现任宜城市委书记的武义泉，都把她家的疾苦、冷暖记在心间，无论工作如何繁忙，也要抽出时间到她家里嘘寒问暖，了解有什么问题需要解决、有什么困难需要帮助。

她记得在2018年的隆冬时节，时任湖北省委常委、襄阳市委书记的李乐成，冒雨看望他们一家的情景。李乐成书记所讲的这段话，她至今记忆犹新："要不断提高优秀女性代表的典型引领作用，为女性学习、提升技能水平搭建平台，切实解决好女性在生产生活中遇到的困难，充分发挥女性'半边天'的作用。"

李乐成书记走进她的家里与她亲切地交谈时的情景赵福兰仍历历在目。她告诉李书记，自己家里养了15头母猪，承包了60多亩耕地，2016年自己盖起了新房。李乐成书记对她说："你的事迹令人感动，全市上下都应该学习你不畏艰难困苦、敬老爱亲的中华民族的传统美德。"同时李书记还鼓励她的丈夫石红波积极面对眼前的困难，要感谢妻子对整个家庭的付出，要多回云南文山看看妻子的父母，让他们放心。李乐成书记与他们一起憧憬农村美好未来情景时所讲的那段话："乡村振兴战略正在稳步地推进，以后政策会更好，农村的日子会越过越红火。"她还记得李乐成书记亲自嘱托市妇联和当地政府，要多关心他们一家的生活，为他们一家解决实际困难，要帮助他们在环境政策允许的情况下适度扩大养殖规模，提高养殖技术，助推他们早日脱贫奔小康，等等。

她回想着过往的一切，深知自己之所以能取得今天的成果，自己家里之所以能在较短的时间内发生如此深刻的变化，离不开各级领导的关心和支持。正因有了他们的关心和支持，她才有坚定的信心和坚强的决心，一步一步走向实现自己人生价值的舞台。

她为身边有一个又一个好党员、好干部的帮助而感到无比的幸福。这些好党员、好干部不是把全心全意为人民服务喊在嘴上，而是真真切切落实在行动上，落实在扶贫帮困、解忧排难上。正是因为有了他们一心为民的好作风，自己才能获得一个又一个治穷致富的项目，才能在他们的大力支持下，搭建一个又一个致富平台。

她为自己能享受一个又一个的富民政策而感到无比幸福。是党和国家的扶贫攻坚政策，给她插上了治穷致富的翅膀。她清楚地记得自己家里极贫极穷的时候，是各级政府定期给钱给物，帮助渡过难关；当她家要新上致富项目、发展相关致富产业的时候，是当地政府及时给予相应的政策性扶持。这每一项优惠政策，对于她赵福兰而言，都是强心针，都是兴奋剂，正是有了党的富民好政策一次又一次眷顾她家，她才进一步增强了战胜困难的决心。

她为自己所处的时代而感到无比幸福。在她很小的时候就听长辈们说，万恶的旧社会就是人吃人的社会，无病无灾的家庭里人都活得特别艰难，要是家里遇到一点天灾人祸，这个家也只能面临家破人亡的悲惨结果。她万分庆幸自己出生在中国共产党领导的新中国、赶上了改革开放的新时代，要不然，她赵福兰纵然有孝老爱亲的满腔热情，也难以让这个家里老的、小的、病的生存下来，更别想能做到老有所养、幼有所学、病有所医了。她深知这个家能存在、这个家的老老少少能健康地活着，多亏了党的温暖，多亏了优越的社会主义制度。

2021年11月5日，令赵福兰终生难忘的时刻到了，在人民大会堂北大厅，习近平总书记亲切地接见了参加全国道德模范表彰大会的代表，并与参加会议的代表合影留念。

会议的盛况，国内的各个媒体做了专题报道。襄阳广播电视台也对受到表彰的襄阳人员进行了详细报道。其中关于赵福兰的相关报道摘录如下。

道德模范 —— 赵福兰

八五后壮族好媳妇赵福兰，在十余年时间里，和丈夫一起照料家中老幼亲人，将特困家庭转变为年收入超过 30 万元的小康之家。

来自云南文山的赵福兰与丈夫石红波相识于深圳电子厂。她被石红波细心体贴、奋发向上的精神所打动，跟随回到宜城市郑集镇八角庙村。初到婆家，她得知婆婆年迈体弱，丈夫的两个哥哥患有精神疾病，嫂子患上精神病后双目失明，侄女还在上学。面对此种境遇，她并未退缩，与石红波组建家庭，共同面对生活中的困难。

2007 年，赵福兰的孩子出生，但大哥也在同年去世，原本在深圳上班的石红波决定回乡务农，忙时种田、闲时打零工，赵福兰则默默操持着一家老小的生活起居。婆婆因患白内障视力严重衰退，只能勉强走路，赵福兰就成了她的"眼"；二哥、三哥不会洗衣做饭，且需每天服药，赵福兰就成了他们的"手"；嫂嫂不能下床，赵福兰就成了她的"足"。懂事的侄女想要休学打工减轻负担，赵福兰百般敦促她安心读书，家里一切不用担心。在赵福兰的悉心照料下，婆婆恢复了精气神，二哥渐渐不用吃药，还能偶尔帮忙干活。侄女毕业找到工作后，每月仅留下基本生活费，剩余工资都寄回家。

日子不仅要过得去，还要过得好。2009 年，赊账购入 4 头母猪后，石红波专攻养猪知识，赵福兰则全心看护喂养。打猪草、喂猪食、扫猪圈、整夜守着母猪生崽，在她的用心经营下，小两口的第一次创业取得成功。有了资金积累，他们又开始投资农田耕种和农机出租，把自家承包的耕地扩大到了百余亩，养猪场规模也在不断扩大。村里人都赞叹赵福兰是个能干的好媳妇。

赵福兰荣获湖北省道德模范称号，荣登"中国好人榜"，其家庭被评为全国最美家庭。

会议结束后，赵福兰载誉回到了家乡，乡亲们得知消息后，纷纷前往赵福兰家里向她道喜祝贺。赵福兰一边满怀喜悦地向乡亲们介绍自己在人民大会堂见到习总书记时万分激动的情景，一边向乡亲们介绍在人民大会堂参加如此高规格会议的感受。她激动地跟大家说，在人民大会堂听了与会代表的发言后，自己被他们的先进事迹所感动，他们的事迹那才叫事迹。

稍停片刻，赵福兰若有所思地告诉大家："过去我在孝老爱亲方面，虽然是做了一些比较具体的工作，自己为此也吃了许许多多的苦、受了许许多多的累，与此同时相关领导和单位，也给了我相当多的肯定和相当高的评价。说句实话，最开始当我得到这些评价和荣誉的时候，我曾不止一次地自我陶醉。通过参加这次全国道德模范表彰大会，特别是在表彰大会上听了道德模范代表的发言后，我才发现我和他们之间的差距有多大。过去这些年，为了石家我虽然付出了很多，也做出了很多牺牲，但我毕竟只是在石家这个小圈子里孝敬我的婆婆、照顾患病的哥哥和嫂子，尽我的力量抚养我的侄女。而在大会上做典型事迹介绍的那些代表，他们的事迹才叫真正的感人。他们全是拼尽自己的力量为大家服务、为大家排忧解难，有的冒着生命危险，也要不顾一切冲上前去救人于水火，有的甚至不惜牺牲自己的生命。听了他们的事迹介绍后，到现在我的心情也无法平静下来。"

赵福兰充满激情地介绍着，乡亲们无比羡慕地全神贯注地听着，每个人脸上都写满了喜悦、憧憬和崇拜。

2022年5月4日，赵福兰获得"湖北青年五四奖章"，在接受记者采访时她说："以后，我希望通过自己的力量，影响更多的村民去孝敬老人、爱护孩子，发扬尊老爱幼的传统美德，同时我还将种好地、养好猪，把自己的日子过得越来越好，为乡村发展贡献自己的力量。"

2022年6月底，在"七一"党的生日即将到来之际，赵福兰郑重地向郑集镇八角庙村党支部递交了自己志愿加入中国共产党的申请书。她期盼着自己能够尽早成为一名中国共产党员，也期盼着自己能够在党组织的正确领导下，更加努力地服务好家庭、服务好社会，为农村的物质文明建设和精神文明建设贡献自己的一份力量。

作者发自内心地良好祝愿：

衷心祝愿赵福兰一家的日子越来越好！

衷心祝愿赵福兰所在的八角庙村的父老乡亲们、兄弟姐妹们的日子越来越好！

衷心祝愿我们中国农村的父老乡亲们、兄弟姐妹们的日子越来越好！